古典詩歌研究彙刊

第三一輯

襲鵬程　主編

第 **4** 冊

邊塞詩的音樂生成（下）

陶　成　濤　著

國家圖書館出版品預行編目資料

邊塞詩的音樂生成（下）／陶成濤 著 -- 初版 -- 新北市：花木蘭文化事業有限公司，2022〔民 111〕

目 2+144 面；17×24 公分

（古典詩歌研究彙刊 第三一輯；第 4 冊）

ISBN 978-986-518-677-7（精裝）

1.CST：邊塞詩 2.CST：音樂 3.CST：研究考訂

820.91　　　　　　　　　　　　　　　110022038

ISBN-978-986-518-677-7

9 789865 186777

古典詩歌研究彙刊
第三一輯　第四冊　　　　　ISBN：978-986-518-677-7

邊塞詩的音樂生成（下）

作　　　者　陶成濤
主　　　編　龔鵬程
總 編 輯　杜潔祥
副總編輯　楊嘉樂
編輯主任　許郁翎
編　　　輯　張雅淋、潘玟靜、劉子瑄　美術編輯　陳逸婷
出　　　版　花木蘭文化事業有限公司
發 行 人　高小娟
聯絡地址　235 新北市中和區中安街七二號十三樓
　　　　　　電話：02-2923-1455／傳真：02-2923-1452
網　　　址　http://www.huamulan.tw 信箱 service@huamulans.com
印　　　刷　普羅文化出版廣告事業
初　　　版　2022 年 3 月
定　　　價　第三一輯共 7 冊（精裝）新台幣 13,000 元　　版權所有・請勿翻印

邊塞詩的音樂生成（下）

陶成濤 著

目

次

第三章　樂府母題（下）

第一節　「古意」與邊塞詩

　　「古意」最初脫胎於晉末之際的「擬古」詩。葛曉音指出：「東晉時期，各種『擬古』類詩逐漸增多，至劉宋時期數量最多。齊梁時期又逐漸減少，而與『擬古』詩類似又有所不同的『古意』詩逐漸增多，進而取代了『擬古』詩。」〔註1〕葛曉音將「擬古」詩分為四類，第一類是詩思體式全方位模擬；第二類是擬詩思，不擬體式；第三類是主題模擬；第四類是吸取古詩中的某些表現方式寄託自己的情懷。認為「古意」來自於「擬古」的第三類和第四類。所謂「古意」，「只是添加了古詩元素的新體詩」〔註2〕。

〔註1〕葛曉音，《江淹「雜體詩」的辨體觀念和詩史意義——兼論兩晉南朝五言詩中的「擬古」與「古意」》，收入《先秦漢魏六朝詩歌體式研究》，第385～386頁。

〔註2〕葛曉音，《江淹「雜體詩」的辨體觀念和詩史意義——兼論兩晉南朝五言詩中的「擬古」與「古意」》，收入《先秦漢魏六朝詩歌體式研究》，第386～391頁。葛曉音將擬古詩劃分為四類，原文為「一類是全篇模擬，從題材、主題、內容到情景、句式，基本都仿照原詩，只是改變一些詞彙。」「第二類是僅借擬古之題寄託擬作者自己的情懷，而不擬體式。」「第三類是僅擬古詩的傳統題材和主題，而篇製結構及表現均不求似。」「第四類是名為擬古，但沒有專擬的題材和主題，而是吸取古詩中某些表現方式以寄託自己的情懷。」按，葛曉音認為『『古意』

　　晉宋之際「擬古」詩的形成原因，有文壇「貴遠賤近」〔註3〕追慕古詩風格以及學習借鑒其藝術手法的動機，但這並不是其主流。「擬古」包括了「擬古人詩」和「擬樂府詩」，而且「擬樂府詩」或具有樂府詩藝術手法的「擬古」從晉宋至於唐代均為主流，「古」在大多詩人作品中可以視為「樂府體」的代名詞。而且早期的漢魏古詩，與清商樂有直接的關聯，包括鄴下文人的作品也受到清商樂的直接影響。鍾嶸言《古詩十九首》時云「人代冥滅，而清音獨遠」〔註4〕，正是對這種受清商樂影響形成的悲涼、哀苦的霜露鴻雁詩思的緬懷。三曹和鄴下文人也是在清商樂的影響下繼承並發揚和這種文學風格。《文心雕龍‧樂府》：「至於魏之三祖，氣爽才麗，宰割辭調，音靡節平。觀其『北上』眾引，『秋風』雜篇，或述酣宴，或傷羈戍，志不出於慆蕩，辭不離於哀思。雖三調之正聲，實《韶》、《夏》之鄭曲也。」〔註5〕實際上也說明了「述酣宴」、「傷羈戍」實際上來自於音樂的影響。漢魏五言詩由《古詩十九首》起步，其相近的藝術特徵，可以視為一種「清商樂風格」，也應該納入樂府含義的「古意」之中。我們以王粲和應瑒的二首公讌詩為例：

詩只是借用古詩題材或某些句調，之多是某種情景模式，不但沒有晉宋擬古詩辨識和倣仿古人詩體的原始意義，而且多數採用新體，這就意味著古近詩體界限的模糊，因此標題從『擬古』轉向『古意』就十分自然了。而『擬古』混同於『古意』，發展的結果就是陳詩中的『擬古』和『古意』一起消亡。」葛曉音對「擬古」的文學史意義倚側過重，而對「古意」的文學史意義則有較多忽略。「古意」並沒有消亡，而是在唐代詩歌中繼續得以發展，產生了廣泛的文學史影響。

〔註3〕例如紀楠《魏晉北朝同題擬古詩成因及價值淺探》認為「在文學上表現為他們往往推崇古人之作，認為今文不如古書，於是詩歌創作中形成了模擬古人之作。」《學術交流》，2011年第12期。

〔註4〕《詩品注》，人民文學出版社，1961年版，第17頁。

〔註5〕《中華古文論釋林》（魏晉南北朝卷），北京大學出版社，2011年版，第196頁。

王粲《公讌詩》〔註6〕	應瑒《侍五官中郎將建章臺集詩》〔註7〕
昊天降豐澤，百卉挺葳蕤。 涼風撤蒸暑，清雲卻炎暉。 高會君子堂，並坐蔭華榱。 嘉肴充圓方，旨酒盈金罍。 管絃發徽音，曲度清且悲。 合坐同所樂，但愬杯行遲。 常聞詩人語，不醉且無歸。 今日不極懽，含情慾待誰？ 見眷良不翅，守分豈能違。 原我賢主人，與天享巍巍。 克符周公業，奕世不可追。	朝雁鳴雲中，音響一何哀！問子游何鄉？ 戢翼正徘徊。言我寒門來，將就衡陽棲。 往春翔北土，今冬客南淮。遠行蒙霜雪， 毛羽日摧頹。常恐傷肌骨，身隕沉黃泥。 簡珠墮沙石，何能中自諧。欲凶雲雨會， 濯羽陵高梯。良遇不可值，伸眉路何階。 公子敬愛客，樂飲不知疲。和顏既已暢， 乃肯顧細微。贈詩見存慰，小子非所宜。 為且極歡情，不醉其無歸。凡百敬爾位， 以副饑渴懷。

　　兩首詩的開篇均是清商樂的音樂想像，這種寫法成為當時一種風氣。例如陳琳《遊覽二首》其一〔註8〕：

　　　　　　高會時不娛，羈客難為心。慇懷從中發，悲感激清音。
　　　　　　投觴罷歡坐，逍遙步長林。蕭蕭山谷風，黯黯天路陰。
　　　　　　惆悵忘旋反，歔欷涕霑襟。

　阮瑀《七哀詩》二首其二〔註9〕：

　　　　　　臨川多悲風，秋日苦清涼。客子易為戚，感此用哀傷。
　　　　　　攬衣起躑躅，上觀心與房。三星守故次，明月未收光。
　　　　　　雞鳴當何時，朝晨尚未央。還坐長歎息，憂憂安可忘。

　劉楨《贈五官中郎將》四首其三、其四〔註10〕：

　　　　　　秋日多悲懷，感慨以長歎。終夜不遑寐，敘意於濡翰。
　　　　　　明燈曜閨中，清風淒已寒。白露塗前庭，應門重其關。
　　　　　　四節相推斥，歲月忽已殫。壯士遠出征，戎事將獨難。
　　　　　　涕泣灑衣裳，能不懷所歡。

〔註6〕《文選》卷二十，第943頁。
〔註7〕《文選》卷二十，第946頁。
〔註8〕《建安七子集》，俞紹初輯校，北京：中華書局，1989年版，第33頁。
〔註9〕《建安七子集》，第154頁。
〔註10〕《建安七子集》，第181頁。

涼風吹沙礫，霜氣何瞠瞠。明月照緹幕，華燈散炎輝。

賦詩連篇章，極夜不知歸。君侯多壯思，文雅縱橫飛。

小臣信頑鹵，僶俛安能追。

曹丕《雜詩》、曹植《雜詩》、《情詩》、徐幹《情詩》、《室思》皆是這種普遍性的寫法。我們不會覺得曹植「明月照積雪」、「高樹多悲風」較劉楨「明月照緹幕」、阮瑀「臨川多悲風」有多大的原創個性。這是當時詩人寫作的一種普遍詩思，或者說帶有集體意識的「泛感情化」詩歌。這種集體意識是受清商樂的主導，實際上屬於樂府詩的音樂想像範疇，這就是漢魏詩歌中「意悲而遠」的普遍風貌。

葛曉音《論魏晉五言的「古意」》文章認為漢詩（古詩十九首）中感慨光陰苦短、悲歡人生遠別、怨嗟人情冷漠的內容所具有的「人心之至情」的精髓以及意象渾融、深厚溫婉的風格特徵，這種特徵來自於場景片段的單一性和敘述的連貫性、比興和場景的互補性和互相轉化、對面傾訴的抒情方式等三大原因。葛曉音強調漢魏詩感人的深微之意在於「人心之至情」，在葛曉音看來，這種人心之至情具有普遍性和深摯持久的感染力：「漢詩似乎只是自言其情，即所謂『言在衽帶之間』，無論是遊子離別，還是思婦閨怨，還是朋友背棄，都只是眼前生活的情景；但又沒有具體的背景，所表達的是一種單純而又深刻的人生感悟，這種感悟不但有短促的百年和永久的天地的對比，有不知如何安頓生命的煩惱，而且包括對夫婦、朋友這些人與人的最基本關係的思考。漢詩自覺地把親朋離合與人生感歎聯繫在一起，在離別聚散中體味人生的哀樂和時光的流逝，這正是沒有時代和地域界分的人類普遍情感，也就是『人心之至情』。」〔註11〕因此葛曉音認為，漢魏五言詩的「古意」，主要指漢魏五言詩的意蘊、表現方式以及其在晉宋古詩中的延續性。

如果僅僅從文學風格上分析漢魏時代的五言詩，的確是具有普遍

〔註11〕葛曉音，《論漢魏五言的「古意」》，收入《先秦漢魏六朝詩歌體式研究》，北京大學出版社，2012 年版，第 302 頁。

性的「人心之至情」。漢魏詩人非常善於移情想像和對於悲感的換位體會。從《古詩十九首》至鄴下文人集團，都具有這種濃鬱的普遍性關懷。我們稱之為鄴下文人創作的一種共同性。劉勰《文心雕龍・明詩》中就指明了這種共同性：「暨建安之初，五言騰踊。文帝陳思，縱轡以騁節；王徐應劉，望路而爭驅。並憐風月，狎池苑，述恩榮，敘酣宴；慷慨以任氣，磊落以使才。造懷指事，不求纖密之巧；驅辭逐貌，唯取昭晰之能。此其所同也。」〔註12〕王世貞云：「子桓之《雜詩》二首、子建之《雜詩》六首，可入《十九首》，不能辨也。」〔註13〕漢魏詩歌寫普遍性的感情佔了絕大多數，即使以書寫個人遭遇為主的詩篇，也會升發到普遍情志之中。漢魏詩歌中「大率逐臣棄妻，朋友闊絕，遊子他鄉，死生新故之感」〔註14〕的內容和「氣象混沌，難以句摘」〔註15〕的風格，讓晉宋詩人追慕，而且這種擬作與個人的寫作風格可以毫無關聯〔註16〕。因此自晉宋詩人開始，就產生了「擬古」的文學現象。

　　但是我們繼續進行探究，就會發現這種「古意」實際上受清商樂的音樂想像影響極大。之所以漢魏詩人形成這種描寫「人心之至情」的套路，正是當時清商樂的哀感激發了這種悲傷的普遍情志，形成一種具有廣泛性帶有集體意識的創作風格，形成了一種創作上的「集體意識」，這種集體意識影響下的詩歌具有「泛感情化」的風格。而這種風格在晉宋之際被詩人看作是與當下文人自覺性描寫迥異的抒情方式。

〔註12〕《中華古文論釋林》（魏晉南北朝卷），北京大學出版社，2011 年版，第 186 頁。

〔註13〕王世貞，《藝苑巵言》卷三，見《三曹資料彙編》，北京：中華書局，1980 年版，第 60 頁。

〔註14〕沈德潛，《說詩晬語》，《原詩　一瓢詩話　說詩晬語》，人民文學出版社，1979 年版，第 199 頁。

〔註15〕嚴羽，《滄浪詩評》，魏慶之《詩人玉屑》卷二，北京：中華書局，2007 年版，第 27 頁。

〔註16〕可參王玫、莊筱玲，《擬古——一種非個人化的抒情策略》，《廈門大學學報》，2011 年第 4 期。

換句話說，晉宋的擬古詩實際上是當時詩人主動給詩壇彌補進來一種業已消失的受清商樂影響的詩歌風格。因為當時「相和三調」已經使得這種哀苦的徒歌發生轉變，不可能再直接影響詩歌創作。文人試圖將這種受清商樂主導的風格轉變成一種抒情的模式和傳統。當這種模式和傳統逐漸形成後，便從「擬古詩」中逐漸分化出來，形成一種漢魏「古意」。

　　對於漢魏「古意」的清商樂環境，晉宋詩人是很清楚的，謝靈運在《擬魏太子鄴中集詩八首》中反覆提及這種音樂環境，如「急弦動飛聽，清歌拂梁塵」〔註17〕、「綢繆清讌歡，寂寥梁棟響」〔註18〕、「哀哇動梁埃，急觴蕩幽默」〔註19〕、「伊昔家臨淄，提攜弄齊瑟」〔註20〕、「終歲非一日，傳卮弄新聲」〔註21〕、「始奏延露曲，繼以闌夕語」〔註22〕、「哀音下回鵠，餘哇徹清昊」〔註23〕。「漢魏古意」實際上就是清商樂古意，也就是說，受清商樂影響的漢魏詩歌抒情風格和寫作模式在晉宋之後的擬寫。這種由清商樂主導而形成的「古意」，便是我們本文探討的第一階段的「古意」：漢魏清商樂（歌辭）古意。我們從鮑令暉的《古意贈今人》〔註24〕、王融的《古意》〔註25〕、沈約《古

〔註17〕《魏太子》，《文選》卷三十，第 1433 頁。
〔註18〕《王粲》，《文選》卷三十，第 1433 頁。
〔註19〕《陳琳》，《文選》卷三十，第 1434 頁。
〔註20〕《徐幹》，《文選》卷三十，第 1435 頁。
〔註21〕《劉禎》，《文選》卷三十，第 1436 頁。
〔註22〕《應瑒》，《文選》卷三十，第 1437 頁。延露曲，見左思《吳都賦》「或超《延露》而《駕辨》，或踰《綠水》而《採菱》」，可見《延露曲》屬「吳歈越吟」之類的吳歌，謝靈運是以吳歌來比附漢魏的清商樂了。
〔註23〕《平原侯植》，《文選》卷三十，第 1439 頁。
〔註24〕詩云：「寒鄉無異服，氈褐代文練。月月望君歸，年年不解綎。荊揚春早和，幽冀猶霜霰。北寒妾已知，南心君不見。誰為道辛苦，寄情雙飛燕。形迫杼煎絲，顏落風催電。容華一朝改，唯余心不變。」見《玉臺新詠箋注》卷四，第 154 頁。
〔註25〕其一云：「遊禽暮知返，行人獨不歸。坐銷芳草氣，空度明月輝。嚬容入朝鏡，思淚點春衣。巫山彩雲沒，淇上綠楊稀。待君竟不至，秋雁雙雙飛。」其二云：「霜氣下孟津，秋風度函谷。念君淒已寒，當軒卷

意》〔註26〕、江淹的《古離別》〔註27〕等詩中還能看出這種「古意」抒情風格和寫作模式的延續，比如寫秋雁、霜露、以及離別之思，雖然已經出現了與當下的音樂環境中生成的女性閨情相思聯繫起來的傾向。

隨著文學史時代的推進，「古意」的概念逐步地擴大，具有較為鮮明創作風格的詩人的作品，也進入「古意」的概念之中。開始之時，南朝詩人往往稱之為「擬××體」、「學××體」或「效××體」，並不稱為「擬古」，如《玉臺新詠》中紀少瑜《擬吳筠體應教》、王素《學阮步兵體》、何思澄《學謝體》；《文選》中張協《擬四愁詩》、謝靈運《擬魏太子鄴中集詩》、鮑照《學劉公幹體》、江淹《雜體詩三十首》等等，但是，到了時代再久遠一些，這些詩人的作品也被稱為「古」或「古意」了。

我們依然以音樂為主線來探討「古意」的變化。當魏晉宋樂府機構中的相和曲裏演奏出音調激昂悲壯的殺伐之音和蒼涼夐遠的相思之吟時，在稍後詩人的樂府詩擬作中，這種受到音樂旋律主導的邊塞詩歌想像很快成為一種新的普遍性和集體意識。也就是說，在「漢魏清商樂（歌辭）古意」之後，因為清商樂的「三調」流亞產生了諸如《燕歌行》、《從軍行》、《白馬篇》、《飲馬長城窟行》、《隴西行》、《雁門太守行》等邊塞樂府，那麼，具有邊塞詩思的「古意」就會添加進來，從而形成「古意」意義上的邊塞詩。如鮑照《擬古》其三〔註28〕：

羅縠。纖手廢裁縫，曲鬢罷膏沐。千里不相聞，寸心鬱氛氳。況復飛螢夜，水葉亂紛紛。」見《玉臺新詠箋注》卷四，第 157 頁。
〔註26〕詩云：「挾瑟叢臺下，徙倚愛容光。佇立日已暮，戚戚苦人腸。露葵已堪摘，湛水未沾裳。錦衾無獨暖，羅衣空自香。明月雖外照，寧知心內傷。」見《玉臺新詠箋注》卷四，第 194 頁。
〔註27〕詩云：「遠與君別者，乃至雁門關。黃雲蔽千里，遊子何時還。送君如昨日，簷前露已團。不惜蕙草晚，所悲道里寒。君行在天涯，妾心久別離。願一見顏色，不異瓊樹枝。兔絲及水萍，所寄終不移。」見《文選》卷三十一，第 1453 頁。
〔註28〕《擬古詩八首》，見《先秦漢魏晉南北朝詩》宋詩卷九，北京：中華書局，1983 年版，第 1295 頁。《文選》作《擬古三首》，此其第一首。見《文選》卷三十一，第 1446 頁。

幽并重騎射，少年好馳逐。氈帶佩雙鞬，象弧插彫服。

獸肥春草短，飛鞚越平陸。朝遊雁門上，暮還樓煩宿。

石梁有餘勁，驚雀無全目。漢虜方未和，邊城屢翻覆。

留我一白羽，將以分符竹。

　　我們還可以大略從風格上分析出這首詩與《白馬篇》有相近之處。但鮑照沒有明確說明所擬對象，可見，像《白馬篇》這種邊塞詩思，在鮑照看來屬於「古意」的一部分了，這是「漢魏清商樂（歌辭）古意」所沒有的內容。再如袁淑的《效古》〔註29〕：

訊此倦遊士，本家自遼東。昔隸李將軍，十載事西戎。

結車高闕下，極望見雲中。四面各千里，縱橫起嚴風。

寒燠豈如節，霜雨多異同。夕寐北河陰，夢還甘泉宮。

勤役未云已，壯年徒為空。乃知古時人，所以悲轉蓬。

　　與其另一篇明確說明對象的《效曹子建樂府白馬篇》〔註30〕不同，我們不能將其與具體的哪一首漢魏邊塞樂府聯繫起來，雖然「寒燠」、「霜雨」之辭有《從軍行》的影子，甚至有可能受到當時鼓吹樂曲的影響。從整體來看，詩人借助「古意」形成了自己完整的邊塞想像。《文選》雜擬類中除此之外尚有王僧達《和琅琊王依古》、范雲《效古》也是以「古意」作為整體的邊塞詩建構土壤：

少年好馳俠，旅宦遊關源。既踐終古蹟，聊訊興亡言。

隆周為藪澤，皇漢成山樊。久沒離宮地，安識壽陵園。

仲秋邊風起，孤蓬卷霜根。白日無精景，黃沙千里昏。

顯軌莫殊轍，幽塗豈異魂。聖賢良已矣，抱命復何怨。

〔註31〕

寒沙四面平，飛雪千里驚。風斷陰山樹，霧失交河城。

朝驅左賢陣，夜薄休屠營。昔事前軍幕，今逐嫖姚兵。

〔註29〕《文選》卷三十一，雜擬下，第1443頁。

〔註30〕《文選》卷三十一，雜擬下，第1441頁。

〔註31〕王僧達《和琅琊王依古》，《文選》卷三十一，雜擬下，第1445頁。

失道刑既重，遲留法未輕。所賴今天子，漢道日休明。
〔註32〕

　　雖然我們依然說相和三調是清商樂的流亞，但是經過魏晉宋樂府機構演奏的相和三調已經發生了極大的音樂屬性變化。清商樂主導的「漢魏古意」中不具備的邊塞想像，在相和三調的邊塞樂府中產生了。這一類具邊塞詩音樂想像的作品被南朝詩人融會貫通，形成自己獨立完整的邊塞想像，這便是「古意」發展的第二個階段：魏晉宋相和三調（歌辭）古意。直到江淹所作的《古意報袁功曹》詩，依舊如此：「從軍出隴北，長望陰山雲。涇渭各流異，恩情於此分。故人贈寶劍，鏤以瑤華文。一言鳳獨立，再說鸞無群。何得晨風起，悠哉凌翠氛。黃鵠去千里，垂涕為報君。」〔註33〕江淹這首詩的「古意」，來自於《從軍行》以及其他「三調」樂府詩，是一首「古意」為比興寄託來寫自己與袁炳離別之情的詩歌。〔註34〕

〔註32〕范雲《效古》，《文選》卷三十一，雜擬卜，第 1451 頁。

〔註33〕《江文通集匯注》卷三，第 107 頁；《江淹年譜》（《六朝作家年譜輯要》本，俞紹初撰）認為此詩作於宋明帝泰始七年（471）三月，此前一年，江淹轉巴陵王劉休若右常侍，到荊州，並旅至漢北邊界。於是俞紹初認為「淹有《古意報袁功曹詩》云『從軍出隴北，長望陰山雲』，隴北、陰山固不必坐實，然指北地邊境當無疑也，具體地望則難以考實。又有《學魏文帝詩》，通篇擬曹丕《雜詩》『西北有浮雲』，其云『吹我至幽燕』『幽燕非我國』，幽燕代指北邊，疑亦是同時所作。」見第 97～99 頁。按，俞紹初之說不可取，這兩首詩均是擬古，完全不能坐實。袁功曹為袁炳，江淹好友，江淹與之詩文往來甚多（詳見俞紹初《江淹年譜》），擬古並非與實際生活經驗相關，故俞氏判斷不可取。

〔註34〕按，以「古意」作為比興寄託，或通篇比興的詩作，除了江淹這首《古意報袁功曹》，尚有范雲《古意贈王中書融》：「攝官青瑣闥，遙望鳳凰池。誰云相去遠，脈脈阻光儀。岱山饒靈異，沂水富英奇。逸翮凌北海，搏飛出南皮。遭逢聖明後，來棲桐樹枝。竹花何莫莫，桐葉何離離。可棲復可食，此外復何為？豈如鷦鷯者，一粒有餘貲」（《文選》卷二十六，第 1219 頁），這首詩中「誰云相去遠，脈脈阻光儀」一句有類似《古詩十九首》的筆法，「逸翮凌北海，搏飛出南皮」用鄴下文人的典故，比喻王融的才華超過了徐幹、吳質。這種借「古意」來表達干謁求進的作品，在此後以絡繹不絕，雖不是主流，但是也頗有特色，如著名的《近試上張水部》詩「洞房昨夜停紅燭，待曉堂前拜舅

　　南朝的音樂形態接著發生重大的變化。在梁朝經歷了一定積累後走向全面繁榮的梁鼓角橫吹曲，繼續給當時的詩人創造出一種音樂想像的氛圍。梁武帝和他的兒子們以及一大批侍從文士的橫吹曲歌辭擬作，很快成為一種文壇風氣，當然這種風氣會蔓延到非樂府詩的寫作中，正如庾信所云「關山則風月悽愴，隴水則肝腸斷絕」〔註 35〕，詩人在橫吹曲的音樂想像中能夠繼續獲取泛感情化的擬作和取法對象，並且很快呈現出一種創作慣性，即使在非擬樂府題材的文學作品中，依然可能保持這種創作慣性。詩人依照「古意」中泛感情化擬作的慣例，依然稱之為「古意」，於是，「古意」便由「魏晉宋相和三調（歌辭）古意」繼續得以發展，形成了「梁鼓角橫吹曲古意」，這是「古意」的第三個階段。這一階段，《關山月》、《隴頭水》、《折楊柳》、《梅花落》、《長安道》、《洛陽道》、《出塞》、《入塞》等經過梁鼓角橫吹曲演奏後文人擬作形成的橫吹古意，開始對詩人的文學創作產生巨大影響。

　　梁朝徐悱《古意酬到長史溉登琅邪城詩》是一首以橫吹古意為空間類比來誇飾琅邪城周遭長江、攝山的險勝地勢的詩篇〔註 36〕：

　　　　甘泉警烽候，上谷抵樓蘭。此江稱豁險，茲山復鬱盤。
　　　　表裏窮形勝，襟帶盡巖巒。修篁壯下屬，危樓峻上干。
　　　　登陴起遐望，回首見長安。金溝朝灞滻，甬道入鴛鸞。
　　　　鮮車驚華轂，汗馬躍銀鞍。少年負壯氣，耿介立衝冠。
　　　　懷紀燕山石，思開函谷丸。豈如霸上戲，羞取路傍觀。

　　　　姑。妝罷低聲問夫婿，畫眉深淺入時無？」即是全篇用宮體詩的「古意」作比興，巧妙表達試問考官之意。唐人詩題中包含「古意」，通篇比興寄託的篇章詳見文後附表。
〔註 35〕庾信，《小園賦》，《庾子山集注》卷一，第 30～31 頁。
〔註 36〕《文選》卷二十二，第 1064 頁。琅邪城，《文選》李善注引《輿地圖》：「梁武改南琅邪為琅邪郡，在潤州江寧縣西北十八里。」按，據《元和郡縣圖志》「自永嘉之後，琅邪陷於胡寇。成帝於丹陽江乘縣界別立南琅邪郡。」則南琅邪郡在江乘縣，江乘縣故址在今南京市棲霞區攝山鎮。

寄言封侯者，數奇良可歎。

這首詩的確是有「變淮海為神州」的時空思維轉換。但更重要的是，詩人借助認知中的橫吹曲古意，如《關山月》、《出塞》、《長安道》等曲子的音樂想像完成這了種時空投射。

在梁武帝時代，除了「梁鼓角橫吹曲」之外，吳歌西曲也逐漸在宮廷流行。所以，橫吹曲和吳歌西曲的給詩人造成的音樂環境幾乎是同時並存的，當詩人在橫吹曲的音樂想像獲取泛感情化的擬作和取法對象時，吳歌西曲的閨中之情也得到了泛感情化取法的追捧。兩者的交融便得到了一種別致的「邊塞」與「閨怨」結合的「古意」作品，如吳均的《古意》便是一個典型代表：

> 匈奴數欲盡，僕在玉門關。蓮花穿劍鍔，秋月掩刀環。
> 春機鳴窈窕，夏鳥思綿蠻。中人坐相望，狂夫終未還。
> 〔註37〕

從這首邊塞詩分析，征夫與閨怨相結合的特徵已經很明顯。再如梁武帝《古意》：「飛鳥起離離，驚散忽差池。嗷嘈繞樹上，翩翩集寒枝。既悲征役久，偏傷壠上兒。寄言閨中愛，此心詎能知。不見松蘿上，葉落根不移。」〔註38〕更是將眾多階段的古意融合在一起，「飛鳥」之意象，有類清商樂古意，而「壠上兒」是橫吹曲古意，「閨中愛」，則是宮體詩的手法了。

也就是說，「古意」在南朝梁的時候，成為一種涵蓋範圍更加廣泛的取法對象。這正是「古意」所具有的文學史發展意義。在各個文學史發生發展時期，古意都被添加進了新的元素。這些元素最初來自於音樂文學所表達的泛普遍化的人生情感。不論是漢魏清商樂的悲哀生命，還是相和三調中的殺伐激昂，還是橫吹曲中的邊聲邊景，還是吳歌西曲中的兒女閨怨，這些與詩人個性抒情無關的泛普遍化的音樂詩

〔註37〕《玉臺新詠箋注》卷六，第 229 頁。題作《和蕭洗馬子顯古意六首》，此其六。吳兆宜箋注云：「舊本以『匈奴』為第一。」
〔註38〕《玉臺新詠箋注》，卷七，第 269 頁。

思，成就了各個階段的「古意」。古意首先是音樂想像和音樂記憶，其次才是意象群，再次才是詩歌題材。不是詠馬產生了邊塞詩，也不是閨怨產生了邊塞詩，更不是偏安江南不忘恢復中原之志向產生了邊塞詩，而是具有音樂想像和音樂記憶的「邊塞古意」成為了「古意」的一部分，從而助力南朝詩人在創作中延續了邊塞詩。

「古意」發展的第四個階段便是「梁陳吳歌西曲宮體詩古意」，這一「古意」實際上一直延續到初唐。而且第四個階段是與第三個階段具有時間上的重合性。兩者幾乎是同時生產而又互相影響。

《文苑英華》卷二百五「樂府十四」專列以「古意」詩〔註39〕，包括盧照鄰《長安古意》、沈佺期《古意》、崔顥《古意》等著名詩篇。我們通過分析其中一些文學作品，就會發現「古意」的各個階段性以及交融和相互影響，並且可以看出唐人心目中的「古意」的大致情況：

詩　名	摘　句	所屬「古意」類型
吳均《古意三首》	西都盛冠蓋，九逵塵霧塞。	橫吹曲古意《長安道》
王僧孺《古意》	青絲被燕馬，紫艾飾吳刀。	橫吹曲古意
劉孝綽《古意》	春樓怨難守，玉階悲自傷。	吳歌西曲古意
盧照鄰《長安古意》	長安大道連狹斜，青牛白馬七香車。玉輦縱橫過主第，金鞭絡繹向侯家。	橫吹曲古意與宮體詩古意相融合
沈佺期《古意呈補闕喬知之》	白狼河北音書斷，丹鳳城南秋夜長。	橫吹曲古意與宮體詩古意融合
喬知之《古意和李侍郎》	自矜夫婿勝王昌，三十曾作侍中郎。一從流落戍漁陽，懷哉萬恨結中腸。	宮體詩古意與橫吹曲古意融合
吳少微《古意》	流車走馬紛相催，推芳瑤草向曲臺。曲臺自有千萬行，重花累葉間垂楊。	吳歌西曲古意
蔣列《古意》	昨夜巫山中，失卻陽臺女。	吳歌西曲古意
常建《古意》	一時渡海望不見，曉上青樓十二重。	吳歌西曲古意
崔顥《古意》	十五嫁王昌，盈盈出畫堂。自矜年正小，復倚壻為郎。	吳歌西曲古意

〔註39〕見《文苑英華》，北京：中華書局，1966年影印版，第1015～1017頁。

崔國輔《古意》	玉籠薰羅裳，著罷眠洞房。 不能春風，裏吹卻蘭麝香。	吳歌西曲古意
李頎《古意》	男兒事長征，少小幽燕客。 賭勝馬蹄下，由來輕七尺。	橫吹曲古意
崔曙《古意》	能當此時好，獨自幽閨裏。	吳歌西曲古意
崔萱《古意》	灼灼葉中花，夏萎春又芳。 明明天上月，蟾缺圓復光。	吳歌西曲古意
戴休珽《古意》	敵騎掠河南，漢兵屯灞上。 羽書驚沙漠，刁斗喧亭障。 關塞何蒼茫，邊烽遞相望。	橫吹曲古意
權德輿《古意》	明月照我旁，庭柯振秋聲。 空庭白露下，枕席涼風生。 所思萬里餘，水闊山縱橫。	吳歌西曲古意
孟郊《古意》	蓮花不開時，苦心終日卷。 春水徒蕩漾，荷花未開展。	吳歌西曲古意

　　以上表格中所反映的唐人心目中的「古意」，並非是遠古的漢魏古意，而是近古的南朝古意，其中尤其以吳歌西曲（宮體詩）古意為最多，其次是橫吹曲古意，並且往往與吳歌西曲古意結合。這就可以證明「古意」是一個具有文學史發展演變意義的概念。正是因為吳歌西曲在唐代風流未泯，所以保留在詩人心目中的音樂記憶和音樂想像最為豐富，也可證「古意」與樂府音樂的極大關聯。

　　當然，漢魏古意作為一種風格還是存在於唐代詩人的一些創作中。比如喬知之《擬古贈陳子昂》：「悇悇孤形影，悄悄獨遊心。以此從王事，常與子同衾。別離三河間，征戰二庭深。胡天夜雨霜，胡雁晨南翔。節物感離居，同衾違故鄉。南歸日將遠，北方尚蓬飄。孟秋七月時，相送出外郊。海風吹涼木，邊聲響梢梢。勤役千萬里，將臨五十年。心事為誰道，抽琴歌坐筵。一彈再三歎，賓御淚潺湲。送君竟此曲，從茲長絕弦。」〔註40〕這首詩的風格上非常接近漢魏古意，並且有（偽）蘇李詩的風格。陳子昂所強調的「漢魏風骨」，實際上也是以

〔註40〕《全唐詩》卷八十一，第 874 頁。

復古的姿態要求詩歌創作上取法漢魏古意，與漢魏古意的風格取得更緊密的銜接。

　　吳相洲《略談唐代舊題樂府的入樂問題》〔註41〕一文指出，唐人作舊題樂府至少有四種情形，一、舊題曲調一直流傳，作舊題入樂；二、舊題曲調被改造，作舊題入樂；三、舊題曲調已消亡，作舊題以入新興曲調；四、舊題曲調已經消失，只擬題而不入樂。這四種類型的判斷是準確的，本文試圖以唐人的「古意」概念對第四種不入樂的情形做出補充：雖然舊題曲調已經消失，雖然是只擬題而不入樂，但是這種擬作的背後依然是受到了一種音樂記憶的支配和音樂文學想像的影響，如李頎《古從軍行》：

　　　　白日登山望烽火，黃昏飲馬傍交河。

　　　　行人刁斗風沙暗，公主琵琶幽怨多。

　　　　野雲萬里無城郭，雨雪紛紛連大漠。

　　　　胡雁哀鳴夜夜飛，胡兒眼淚雙雙落。

　　　　聞道玉門猶被遮，應將性命逐輕車。

　　　　年年戰骨埋荒外，空見蒲桃入漢家。〔註42〕

　　再如王建《古從軍》：

〔註41〕收入趙敏俐主編，《中國詩歌與音樂關係研究》，學苑出版社，2005 年版，第 47～52 頁。文章舉例云：就拿我們常見的那些舊題樂府來說，像《行路難》、《燕歌行》、《從軍有苦樂行》、《塞下曲》、《關山月》等，都有資料證明是繼續歌唱的。且看下面一些唐人的詩句：「且復歸去來，劍歌《行路難》」（李白《古風》）、「上客勿遽歡，聽妾歌《路難》」（韋應物《雜曲歌辭‧路難篇》）、「請君留楚調，聽我吟《燕歌》。家住遼水頭，邊風意氣多」（陶翰《燕歌行》）、「勞者且勿歌，我欲送君觴。從軍有苦樂，此曲樂未央」（李益《從軍有苦樂行》）、「誰為天子前，唱此邊城曲」（貫休《塞下曲》）、「更吹羌笛《關山月》，無那金閨萬里愁」（王昌齡《從軍行》）、「趙女乘春上畫樓，一聲歌發滿城秋。無端更唱關山曲，不是征人亦淚流」（王表《成德樂》）。過去人們在講到這些樂府詩時，從來沒有把它們當作是入樂的歌詞，只是當做純粹的文學創作。見第 49 頁。

〔註42〕《全唐詩》卷一三三，第 1348 頁。

漢家逐單于，日沒處河曲。浮雲道旁起，行子車下宿。
槍城圍鼓角，氈帳依山谷。馬上懸壺漿，刀頭分頗肉。
來時高堂上，父母親結束。回面不見家，風吹破衣服。
金瘡在肢節，相與拔箭鏃。聞道西涼州，家家婦女哭。

〔註 43〕

　　盛唐之時依然有《從軍行》曲，王昌齡五首當是倚歌而作。但李頎以「古」冠題，是想標明自己的作品有與當代流行之新變《從軍行》歌辭所不同的「古意」。中唐之後的《從軍行》，多為五古，已經無七絕之體，懷疑也是依據「古意」而製作，並可能配以其他具有邊塞詩思的近代樂曲。如《全唐詩》中重出的一首：「二十在邊城，軍中得勇名。卷旗收敗馬，占磧擁殘兵。覆陣烏鳶起，燒山草木明。塞閒思遠獵，師老厭分營。雪嶺無人跡，冰河足雁聲。李陵甘此沒，惆悵漢公卿」，一作盧綸《從軍行》〔註 44〕，一作李端《塞下》〔註 45〕，應該就是這種情況，也符合吳相洲所云「舊題曲調已消亡，作舊題以入新興曲調」的情形。

　　李頎的《古意》：「男兒事長征，少小幽燕客。賭勝馬蹄下，由來輕七尺。殺人莫敢前，須如蝟毛磔。黃雲隴底白雲飛，未得報恩不得歸。遼東小婦年十五，慣彈琵琶解歌舞。今為羌笛出塞聲，使我三軍淚如雨。」〔註 46〕在結構上課分為兩部分，前半部分五言詩描寫的是鐵馬錚錚的戰場，後半部分忽然是七言的以「遼東小婦」為主的場景切換，整體的詩意有切換又有暗接，讓人讚歎流連，我們對這種手法的追溯，自然會同梁簡文帝、蕭子顯的《從軍行》聯繫起來，這種手法也應該是對梁陳時代多樣化的音樂文學豐富化的表現方式（橫吹曲古意和吳歌西曲古意融合）的啟迪和繼承。而其《古塞下曲》更是將橫吹音樂

〔註 43〕《全唐詩》卷二九七，第 3363 頁。
〔註 44〕《全唐詩》卷二七八，第 3154 頁。
〔註 45〕《全唐詩》卷二八六，第 3273 頁。
〔註 46〕《全唐詩》卷一三三，第 1355 頁。

中的邊塞意象表現的非常清晰完整：

> 行人朝走馬，直指薊城傍。薊城通漢北，萬里別吾鄉。
>
> 海上千烽火，沙中百戰場。軍書發上郡，春色度河陽。
>
> 嫋嫋漢宮柳，青青胡地桑。琵琶《出塞》曲，橫笛斷君
>
> 腸。〔註47〕

詩末句所云「琵琶《出塞》曲」，這實際上已經超出「橫吹古意」的範圍。琵琶這種唐代的新樂器接續了橫吹曲之中的邊塞風格，在詩人的想像之中，與橫吹的羌笛產生了新的配對和銜接，持續為音樂想像下的邊塞詩的生成提供肥沃的土壤。

我們之所以探究音樂「古意」的發展演變，正是試圖說明，在唐代有一大批曲調已經失傳的樂府舊題，或者與原舊題並無關聯的新曲，都會在詩人想像發揮之中得到原有舊題「古意」或想像「古意」的支撐，從而在唐代延續著其持久的文學生命。本文試圖以「賦『古意』法」概括這種具有懷舊復古傾向的文學創作現象，比之「賦題法」，「賦『古意』法」更為深刻地道出了音樂文學之所以在原本所依附的音樂本體消亡之後依舊能在復古審美思潮的影響下持續進入詩人的創作實踐中。

「古意」是拓展和延伸化了的音樂文學，在脫離原本音樂母體之後，成為一種具有鮮明風格傾向的詩歌寫作範式。而其中的邊塞詩，亦是在「古意」的音樂追憶和風格模仿之下，葆有勃勃生機。

第二節 「閨怨體」邊塞詩的生成與發展

張若虛《代答閨夢還》：「關塞年華早，樓臺別望違。試衫著暖氣，開鏡覓春暉。燕入窺羅幕，蜂來上畫衣。情催桃李豔，心寄管絃飛。妝洗朝相待，風花暝不歸。夢魂何處入，寂寂掩重扉。」〔註48〕這首詩以吳歌西曲（宮體詩）古意為主，夾雜有已經意象化了的橫吹古意。這

〔註47〕《全唐詩》卷一三二，第 1338 頁。

〔註48〕《全唐詩》卷一一七，第 1184 頁。

一類詩歌以怨情為主，邊塞的隱約觀照只是對閨怨之思更為深刻的構架。我們將這種以「吳歌西曲古意」為主、「橫吹古意」為輔，二者結合而生成的邊塞詩，稱為「閨怨體」邊塞詩。「閨怨體」邊塞詩是唐代邊塞詩的一個重要分支。

《舊唐書‧文苑傳》所云「時又有汝州人劉希夷，善為從軍閨情之詩，詞調哀苦，為時所重」〔註49〕之「從軍閨情之詩」（《全唐詩》詩人小傳中簡作「從軍閨情詩」〔註50〕），範圍上應該包括「從軍詩」、「閨情詩」〔註51〕以及「從軍閨情結合的詩」三種；但我們還是應該將「從軍閨情之詩」視為對此類邊塞與閨情結合的作品最早的定義。任文京在《唐代邊塞詩的文化闡釋》一書中可以說更為明確地提出了「邊塞閨怨詩」的概念，其所指亦與本文所云「閨怨體邊塞詩」一致。任文京認為，唐代的「邊塞閨怨詩」是當時社會生活的反映——「南北朝時寫邊塞閨怨詩的人更多，如江淹《征怨詩》，吳均、陸瓊的《閨怨》，溫子升的《搗衣》，王僧孺的《搗衣詩》，蕭繹的《燕歌行》，江總的《搗衣篇》等，都是男性詩人寫的思婦情感。但南北朝時疆域狹小，因此詩人所寫的邊塞閨怨詩是借漢代題材或樂府舊題擬作，很難反映社會家庭的真實情況和思婦的真實情感。如蕭繹《倡婦怨情詩二十韻》寫『玉關驅夜雪，金氣落嚴霜。飛狐驛使斷，交河水路長。蕩子無消息，朱唇徒自香。』雖然詩中也提到玉關、飛狐、交河等地名，但均非實指，也根本不符合南朝的疆域實情。唐朝的男性詩人寫邊塞閨怨詩則不同，他們是時代生活的積極參與者，一些詩人還有過出塞或遊邊的經歷，對戰爭帶來的社會影響都親有所感。因此，他們筆下的閨婦生活是當時社會真實的反映，內容也頗為豐富。當然，唐代男性詩人寫邊塞閨怨詩大多是泛指而非確指，這恰恰說明由邊塞戰爭引起的戍卒之妻的情

〔註49〕《舊唐書》卷一百九十中，文苑中，第5012頁。
〔註50〕《全唐詩》卷八十二，第880頁。
〔註51〕「閨情詩」是獨立的一種，以詩人代筆描寫閨婦怨情為主，並不與邊塞詩相涉。此為純粹之吳歌西曲的遺留。如李白、崔曙、崔亙、王諲等人的作品。

感問題已經超出了家庭範圍，成為一種普遍的社會現象。」〔註52〕同樣是「邊塞閨怨詩」，南朝的則很難反映社會現實，唐代則反映了一種普遍的社會坰實，這種解讀未免割裂。

本文認為，唐代的「邊塞閨怨詩」不僅不能完全看作是唐代社會生活的反映，並且要更加重視其文學藝術自身沿襲的體式淵源。首先，唐代前期的「閨怨體」邊塞詩承接了南朝「吳歌西曲古意」與「橫吹古意」結合的寫作範式。其次，唐代的音樂環境給「閨怨體」邊塞詩提供了新的音樂母體，「閨怨體」邊塞詩找到了新的樂府依傍對象，所創作的「閨怨體」邊塞詩可以是「古意」，也可以是聲詩，不可能是完全反映社會現實的現實主義作品。

「閨怨」與「邊塞」結合的文體風格學意義上的寫作模式在南朝就已經非常流行，在唐人追慕「古意」的創作思維影響下被繼承下來，當然在繼承的基礎上可能添加進來不同容量的社會真實的寓指，但是主體性並沒有發生變化。任文京所云的「時代內容」表現為強烈的封侯功名意識使得邊塞閨怨詩中淡化了兒女情長，如李白《紫騮馬》云「揮鞭萬里去，安得念春閨」、王昌齡《變行路難》云「封侯取一戰，豈復念閨閣」。這種說法有一定的道理，但是，從「古意」的角度分析，如果是以吳歌西曲（宮體詩）古意為主而以橫吹曲古意為輔，則多兒女情長。如劉希夷《春女行》中有「目極千餘里，悠悠春江水。頻想玉關人，愁臥金閨裏」〔註53〕這樣的怨情；如果是以橫吹曲古意為主而以吳歌西曲古意為輔，則少兒女情長，這是音樂文學下的一種寫作常態。《紫騮馬》、《變行路難》都屬於橫吹曲古意，自然淡化了兒女情長和夫妻纏綿，並非完全可以看做是時代精神的反映。

唐人的「閨怨體」邊塞詩，在初唐時期受樂府聲詩影響不大，而

〔註52〕任文京，《唐代邊塞詩的文化闡釋》，人民出版社，2005年版，第188～189頁。該文認識到「唐代前期閨怨詩仍承襲這南朝的餘緒。」但是，卻依舊認為「南北朝詩人只是擬想而已，而唐代詩人則加入鮮明的時代內容。」見第209頁。

〔註53〕《全唐詩》卷八十二，第880頁。

以南朝的「古意」影響為主，代表作品如沈佺期《古意呈補闕喬知之》：

> 盧家少婦鬱金堂，海燕雙棲玳瑁梁。
>
> 九月寒砧催木葉，十年征戍憶遼陽。
>
> 白狼河北音書斷，丹鳳城南秋夜長。
>
> 誰為含愁獨不見，更教明月照流黃？〔註54〕

　　如果說詩中有唐詩獨特的藝術造詣，則也體現在「七律」的成熟以及高古格調對吳歌西曲風格的稀釋。至於社會現實的反映，則無法從這首詩中觀察到。整首詩以「閨怨」為敘事的中心和主線，而以征戍之思為插敘的背景。這基本可以反映初唐「閨怨體邊塞詩」的一個基本特徵。而隨著時代的發展，「閨怨體邊塞詩」又有了新的發展，我們先將唐人的這類作品列表如下：

詩　　人	作品內容	出　　處
喬知之	《和李侍郎古意》 妾家巫山隔漢川，君度南庭向胡苑。 高樓迢遞想金天，河漢昭回更愴然。 夜如何其夜未央，閒花照月愁洞房。 自矜夫婿勝王昌，三十曾作侍中郎。 一從流落戍漁陽，懷哉萬恨結中腸。 南山冪冪兔絲花，北陵青青女蘿樹。 由來花葉同一根，今日枝條分兩處。 三星差池光照灼，北斗西指秋雲薄。 莖枯花謝枝憔悴，香銷色盡花零落。 美人長歎豔容萎，含情收取摧折枝。 調絲獨彈聲未移，感君行坐星歲遲。 閨中宛轉今若斯，誰能為報征人知。	《全唐詩》 卷八十一
沈佺期	《雜詩》 妾家臨渭北，春夢著遼西。何苦朝鮮郡， 年年事鼓鞞。燕來紅壁語，鶯向綠窗啼。 為許長相憶，闌干玉箸齊。聞道黃龍戍， 頻年不解兵。可憐閨裏月，長在漢家營。	《全唐詩》 卷九十六

〔註54〕《全唐詩》卷九十六，第1043頁。

	少婦今春意，良人昨夜情。誰能將旗鼓，一為取龍城。	
鄭遂初	《別離怨》 蕩子戍遼東，連年信不通。塵生錦步障，花送玉屏風。只怨紅顏改，寧辭玉簟空。繫書春雁足，早晚到雲中。	《全唐詩》卷一〇〇
許景先	《折柳篇》 春色東來度渭橋，青門垂柳百千條。長楊西連建章路，漢家林苑紛無數。繁花始遍合歡枝，游絲半冒相思樹。春樓初日照南隅，柔條垂綠掃金鋪。寶釵新梳倭墮鬢，錦帶交垂連理襦。自憐柳塞淹戎幕，銀燭長啼愁夢著。芳樹朝催玉管新，春風夜染羅衣薄。城頭楊柳已如絲，今年花落去年時。折芳遠寄相思曲，為惜容華難再持。 《陽春怨》 紅樹曉鶯啼，春風暖翠閨。雕籠薰繡被，珠履踏金堤。芍藥花初吐，菖蒲葉正齊。槁砧當此日，行役向遼西。	《全唐詩》卷一一一
崔珪	《孤寢怨》 征戍動經年，含情拂玳筵。花飛織錦處，月落搗衣邊。燈暗愁孤坐，床空怨獨眠。自君遼海去，玉匣閉春弦。	《全唐詩》卷一二〇
竇鞏	《少婦詞》 坐惜年光變，遼陽信未通。燕迷新畫屋，春識舊花叢。夢繞天山外，愁翻錦字中。昨來誰是伴，鸚鵡在簾櫳。	《全唐詩》卷一七一
李白	《春怨》 白馬金羈遼海東，羅帷繡被臥春風。落月低軒窺燭盡，飛花入戶笑床空。 《思邊一作春怨》 去年何時君別妾，南園綠草飛蝴蝶。今歲何時妾憶君，西山白雪暗晴雲。玉關去此三千里，欲寄音書那可聞。 《子夜吳歌·秋歌》 長安一片月，萬戶搗衣聲。秋風吹不盡，總是玉關情。何日平胡虜，良人罷遠征。	《全唐詩》卷一八四、卷一八五

	《子夜吳歌・冬歌》 明朝驛使發，一夜絮征袍。素手抽針冷， 那堪把剪刀。裁縫寄遠道，幾日到臨洮。	
柳中庸	《秋怨》 玉樹起涼煙，凝情一葉前。別離傷曉鏡， 搖落思秋弦。漢壘關山月，胡笳塞北天。 不知腸斷夢，空繞幾山川。	《全唐詩》 卷二五七
戴叔倫	《閨怨》 看花無語淚如傾，多少春風怨別情。 不識玉門關外路，夢中昨夜到邊城。	《全唐詩》 卷二七四
權德輿	《秋閨月》 三五二八月如練，海上天涯應共見。 不知何處玉樓前，乍入深閨玳瑁筵。 露濃香徑和愁坐，風動羅幃照獨眠。 初卷珠簾看不足。斜抱箜篌未成曲。 稍吹妝臺臨綺窗，遙知个詣淚雙雙。 此時愁望知何極，萬里秋大同一色。 靄靄遙分陌上光，迢迢對此閨中憶。 早晚歸來歡宴同，可憐歌吹月明中。 此夜不堪腸斷絕，願隨流影到遼東。	《全唐詩》 卷三二八
王涯	《春閨思》 雪盡萱抽葉，風輕水變苔。玉關音信斷， 又見發庭梅。	《全唐詩》 卷三四六
張仲素	《春閨思》 嫋嫋城邊柳，青青陌上桑。提籠忘採葉， 昨夜夢漁陽。 《秋夜曲》 丁丁漏水夜何長，漫漫輕雲露月光。 秋逼暗蟲通夕響，征衣未寄莫飛霜。 《秋思二首》 碧窗斜日藹深暉，愁聽寒螿淚濕衣。 夢裏分明見關塞，不知何路向金微。 秋天一夜靜無雲，斷續鴻聲到曉聞。 欲寄征衣問消息，居延城外又移軍。	《全唐詩》 卷三六七
孟郊	《征婦怨》 良人昨日去，明月又不圓。別時各有淚， 零落青樓前。君淚濡羅巾，妾淚滿路塵。 羅巾長在手，今得隨妾身。路塵如得風，	《全唐詩》 卷三七二

	得上君車輪。漁陽千里道，近如中門限。 中門逾有時，漁陽長在眼。生在綠羅下， 不識漁陽道。良人自戍來，夜夜夢中到。	‧
張籍	《征婦怨》 九月匈奴殺邊將，漢軍全沒遼水上。 萬里無人收白骨，家家城下招魂葬。 婦人依倚子與夫，同居貧賤心亦舒。 夫死戰場子在腹，妾身雖存如晝燭。	《全唐詩》 卷三八二
長孫佐輔	《答邊信一作代答邊信同心結》 征人去年戍遼水，夜得邊書字盈紙。 揮刀就燭裁紅綺，結作同心答千里。 君寄邊書書莫絕，妾答同心心自結。 同心再解心不離，書字頻看字愁滅。 結成一夜和淚封，貯書只在懷袖中。 莫如書字故難久，願學同心長可同。	《全唐詩》 卷四六九
盧殷	《遇邊使》 累年無的信，每夜夢邊城。掩袖千行淚， 書封一尺情。〔註55〕	《全唐詩》 卷四七〇
施肩吾	《代征婦怨》 寒窗羞見影相隨，嫁得五陵輕薄兒。 長短豔歌君自解，淺深更漏妾偏知。 畫裙多淚鴛鴦濕，雲鬢慵梳玳瑁垂。 何事不看霜雪裏，堅貞惟有古松枝。	《全唐詩》 卷四九四
杜牧	《寄遠》 兩葉愁眉愁不開，獨含惆悵上層臺。 碧雲空斷雁行處，紅葉已凋人未來。 塞外音書無信息，道傍車馬起塵埃。 功名待寄凌煙閣，力盡遼城不肯回。〔註56〕	《全唐詩》 卷五二六
趙嘏	《寄遠》 禁鐘聲盡見棲禽，關塞迢迢故國心。 無限春愁莫相問，落花流水洞房深。	《全唐詩》 卷五五〇
馬戴	《征婦歎》 稚子在我抱，送君登遠道。稚子今已行， 念君上邊城。蓬根既無定，蓬子焉用生。	《全唐詩》 卷五五六

〔註55〕此詩又作羅隱詩，末句作「書封一尺金」，見《全唐詩》卷六六五，第
　　　7622頁。
〔註56〕此詩又作許渾詩，見《全唐詩》卷五三六，第6126頁。

	但見請防胡，不聞言罷兵。及老能得歸， 少者還長征。	
賈島	《寄遠》 家住錦水上，身征遼海邊。十書九不到， 一到忽經年。	《全唐詩》 卷五七二
劉滄	《寄遠》 西園楊柳暗驚秋，寶瑟朱弦結遠愁。 霜落雁聲來紫塞，月明人夢在青樓。 蕙心迢遞湘雲暮，蘭思縈回楚水流。 錦字織成添別恨，關河萬里路悠悠。	《全唐詩》 卷五八六
于濆	《遼陽行》 遼陽在何處，妾欲隨君去。義合齊死生， 本不誇機杼。誰能守空閨，虛問遼陽路。 《恨從軍》 不嫁白衫兒，愛君新紫衣。早知遽相別， 何用假光輝。已聞都萬騎，又道出重圍。 □軸金裝字，致君終不歸。	《全唐詩》 卷五九九
羅鄴	《征人》 青樓一別戍金微，力盡秋來破虜圍。 錦字臭辭連夜織，塞鴻長是到春歸。 正憐漢月當空照，不奈胡沙滿眼飛。 唯有夢魂南去日，故鄉山水路依稀。 《春閨》 愁坐蘭閨日過遲，捲簾巢燕羨雙飛。 管絃樓上春應在，楊柳橋邊人未歸。 玉笛豈能留舞態，金河猶自浣戎衣。 梨花滿院東風急，惆悵無言倚錦機。	《全唐詩》 卷六五四
鄭準	《代寄邊人》 君去不來久，悠悠昏又明。片心因卜解， 殘夢過橋驚。聖澤如垂餌，沙場會息兵。 涼風當為我，一一送砧聲。	《全唐詩》 卷六九四
黃滔	《閨怨》 妾家五嶺南，君戍三城北。雁來雖有書， 衡陽越不得。別久情易料，豈在窺翰墨。 塞上無煙花，寧思妾顏色。 《閨怨》 寸心杳與馬蹄隨，如蛻形容在錦帷。 江上月明船發後，花間日暮信回時。	《全唐詩》 卷七〇四、 卷七〇五

	五陵夜作酬恩計，四塞秋為破虜期。 待到乘軺入門處，淚珠流盡玉顏衰。	
張迥	《寄遠》 錦字憑誰達，閒庭草又枯。夜長燈影滅， 天遠雁聲孤。蟬鬢凋將盡，虯髯白也無。 幾回愁不語，因看朔方圖。	《全唐詩》 卷七二七
劉兼	《征婦怨》 金閨寂寞罷妝臺，玉箸闌干界粉腮。 花落掩關春欲暮，月圓攲枕夢初回。 鸞膠豈續愁腸斷，龍劍難揮別緒開。 曾寄錦書無限意，塞鴻何事不歸來。	《全唐詩》 卷七六六

以上看似凌亂的標題，實際上並不是社會真實的反映，而是樂府聲詩的傳情意象。這些樂府聲詩的背後，實際上是唐代新聲中類似於南朝吳歌西曲的音樂，或者說吳歌西曲類型的音樂在唐代得到了新的發展。

我們知道，《折楊柳》早已經在南朝時期形成了《月節折楊柳》，白居易還有新翻《楊柳枝》。歌曲的新翻是當時樂伎或懂音樂的文人追求新變的常用方式。融入了吳歌西曲儂情的《折楊柳》催生出「閨怨體」的聲詩，我們在上一章中已經論及。而唐代新產生了以「××怨」為題或與之相關的諸多新曲，這些新曲的流行，促使了中唐以來「閨怨體」邊塞詩得到了新的生成土壤和繁榮途徑。

作為音樂曲名的「怨」，實際上表現一種淒婉哀傷的音樂旋律。前文已經論述，羌笛吹奏的橫吹曲多能給人以哀怨的音樂感染。如張正見《臨高臺》「此中多怨曲，地遠詎能聞」、徐陵《梅花落》「倡家怨思妾，樓上獨徘徊」、陳後主《關山月》「復教征戍客，長怨久連翩」；唐人沈佺期《梅花落》「鐵騎幾時回，金閨怨早梅」、張易之《出塞》「將軍占太白，小婦怨流黃」、孟郊《折楊柳》「樓上春風過，風前楊柳歌。枝疏緣別苦，曲怨為年多」。而江南清商新聲、吳楚音樂也有以「怨」見長的特點，見於《樂府詩集》記載的「怨曲」以楚調最多，見下表：

曲　名	出　　處	分　析
楚妃怨	《樂府詩集》卷二十九，《相和歌辭·吟歎曲》	與《王昭君》皆既見於《吟歎曲》又見於《楚調曲》
雀臺怨	同上卷三十一，《相和歌辭·平調曲》	由《銅雀伎》而來
怨詩行	同上卷四十一，《相和歌辭·楚調曲》	
怨歌行	同上卷四十二，《相和歌辭·楚調曲》	
長門怨	同上卷四十二，《相和歌辭·楚調曲》	
阿嬌怨	同上卷四十二，《相和歌辭·楚調曲》	
婕妤怨	同上卷四十三，《相和歌辭·楚調曲》	
長信怨	同上卷四十三，《相和歌辭·楚調曲》	
娥眉怨	同上卷四十三，《相和歌辭·楚調曲》	
玉階怨	同上卷四十二，《相和歌辭·楚調曲》	
宮怨	同上卷四十三，《相和歌辭·楚調曲》	
雜怨	同上卷四十三，《相和歌辭·楚調曲》	
湘妃怨	同上卷五十七，《琴曲歌辭》	來源於楚調
昭君怨	同上卷五十九，《琴曲歌辭》	來源於楚調
寒夜怨	同上卷七十六，《雜曲歌辭》	
邯鄲宮人怨	同上卷九十一，《新樂府辭》	
吳宮怨	同上卷九十一，《新樂府辭》	
征婦怨	同上卷九十四，《新樂府辭》	
農臣怨	同上卷九十六，《新樂府辭》	
孤獨怨	同上卷一〇〇，《新樂府辭》	

　　張正見《豔歌行》「不學幽閨姜，生離怨《採桑》」[註57]、劉慎虛《江南曲》云「歌聲隨《綠水》，怨色起朝陽」、劉希夷《江南曲》云「平生怨在《西洲曲》」[註58]。亦可證明這一點。趙嘏《昔昔鹽》二十首之中有十首均是「閨怨體」邊塞詩，正是因為高腔的《昔昔鹽》音

[註57] 《樂府詩集》卷二十八，第418頁。
[註58] 《樂府詩集》卷二十六，第386、387頁。

樂具有與楚調接近的哀怨特徵〔註59〕。我們認為，江南的音樂在唐代的民間繼續得以發展，不光是吳歌西曲的持續流行，包括一些新生的江南曲也日漸影響文人的聲詩創作。這些「怨曲」的共同特徵是以女性為主角（或實際上直接由女性來演唱），其主要的內容為怨春、怨夫以及宮怨。據檢索《全唐詩》，詩歌標題中帶有「怨」的詩篇數目多達318首，從卷5徐賢妃的《長門怨》到卷897孫光憲的《遐方怨》，幾乎全是以女性為視角的樂府詩〔註60〕。同時，大曲之中也有類似的音樂風格，如《陸州歌》第四：「曙月當窗滿，征人出塞遊。畫樓終日閉，清管為誰調？」〔註61〕再如《簇拍陸州》云：「西去輪臺萬里餘，故鄉音耗日應疏。隴山鸚鵡能言語，為報閨人數寄書」〔註62〕；再如《石州》云：「自從君去遠巡邊，終日羅幃獨自眠。看花情轉切，攬鏡淚如泉。一自離君後，啼多雙臉穿。何時狂虜滅，免得更留連」〔註63〕；大曲的《水調》也成為「閨怨體」邊塞詩新生的音樂本體。「閨怨」這一主題的詩歌，正是在這樣一個大的音樂審美環境之中，持續地進入文人聲詩的創作之中。

邵文實《敦煌邊塞文學之「征婦怨」作品述論》〔註64〕一文評介

〔註59〕《樂府詩集》卷七十九引《樂苑》曰：「《昔昔鹽》，羽調曲。」胡震亨《讀書雜錄》卷上末條云：「薛道衡《昔昔鹽》一詩最有稱，乃鹽字迄無人解得。宋洪容齋《隨筆》第云：『如吟、行、曲、引類』。我朝楊用修亦云：『曲之別名』。止耳！未經確下一注腳也。余謂鹽即豔字。『流示之禽而鹽諸利』，見《禮·郊特牲》，可考《昔昔鹽》，《昔昔豔》也。猶樂府之有《三婦豔》也。」豔，正是楚歌的常用手法。然，「鹽」多用於胡曲，如《阿鵲鹽》、《突厥鹽》、《黃帝鹽》、《白鴿鹽》、《神雀鹽》、《疏勒鹽》、《滿座鹽》、《歸國鹽》、《刮骨鹽》，蓋隋朝之時，南北音樂以及胡樂相融合，樂工編譯胡曲，同樣以胡曲之中音高接近南方吳楚「羽調」或「楚調」之曲，命名為「鹽」，以示與「豔」曲之接近而又稍示區別。
〔註60〕詳見本書之附錄三：《全唐詩》詩題含「怨」的作品總表。
〔註61〕《樂府詩集》卷八十，第1122頁。
〔註62〕《樂府詩集》卷八十，第1122頁。
〔註63〕《樂府詩集》卷八十，第1122頁。
〔註64〕見《敦煌學輯刊》，1995年第2期。

了以敦煌曲子詞為主要內容的「征婦怨」作品。該文指出「伯2555號《敦煌唐人詩文選集殘卷》就出現了連續八首的閨怨詩，分別題為《娥眉怨》、《畫屏怨》（即鄭遂初《別離怨》）、《綵書怨》（即上官昭容《綵書怨》）、《珠簾怨》（即顏舒《鳳棲怨》）、《別望怨》、《錦詞怨》、《清夜怨》（即李商隱《清夜怨》）、《閨情怨》（即工諲《閨情》）」，這八首作品時代差距頗大，其對社會真實的反映並不真實真切。即使是反映府兵制下征夫的生活現實，也是通過這一類具有「怨」的歌曲來承載的。該文接著指出「敦煌不少曲子詞具有『征婦怨』的性質，《雲謠集》三十首曲子詞內，『征婦怨』便近十首。」而且「除了敦煌曲子詞外，還有一些被稱為『俚曲小調』的敦煌歌詞也以『征婦怨』為主體，如伯3812號卷首之《十二月調》。」該文注重探討唐代對外戰爭給百姓帶來的苦難以及這些苦難得到「許多有思想有頭腦的人的反對」，這誠然有一定的道理，但是更重要的是，音樂銜接並拓寬了文字的感情，音樂與文學之間才是最為直接的關聯，忽略音樂本身的感染力和傳播作用，而談社會生活的真實反映，是頗有些隔靴搔癢的。

我們以「樂府母題」的視角解析邊塞詩的生成，就會發現，以樂府聲詩為屬性的邊塞詩，並非只是豪邁殺伐激揚征戰一途，音樂的豐富性催生了邊塞詩聲詩的豐富性。既有「凱樂體」的豪放，又有「閨怨體」的婉約，這種詩人擬樂府的邊塞詩的總體風貌，與之後形成的宋詞之中既有豪放又有婉約的整體風貌是頗有些類似的。

第三節　唐代的音樂環境與樂府邊塞詩的繼續生成

唐代音樂文化異常繁榮，一方面，吳歌西曲繼續在民間發展並持續影響詩人的創作，另一方面，由於統治階級禮樂文化的建設以及自身享樂的需要，大量的胡樂俗樂進入宮廷。「唐初，因征服漠北的機會，胡樂傳入中國的機會乃較前更活潑。貞觀時期，九部伎加上高昌伎成為十部伎，即為明證。又因安叱奴、王長通、白明達等重用胡樂工，並授予高官。隋煬帝時，白明達奉命製作胡風新曲，當時胡樂新曲，陸

續出現。太宗時期，樂工裴神符所作琵琶曲之《勝蠻奴》、《火鳳》、《傾杯樂》等，太宗讚譽為『聲度清美』。此類樂伎至高宗，曾風行一時，堪可稱為唐朝中葉胡部新聲之先驅。」〔註65〕唐朝開放的文化政策也使得音樂不侷限於宮廷，太常音樂人和樂工定期入朝，平時居住於宮外〔註66〕，有利於宮廷音樂的廣泛流佈。豐富的音樂文化持續著聲詩的繁榮，也促使邊塞詩借助新的音樂樂器和樂調繼續生成。其中重要的是樂器是胡琴和琵琶，最重要的樂調是邊地進獻來的大曲。

一、胡琴琵琶與邊塞詩

胡琴即五弦琵琶。與唐代之前已經流入中國的曲項四絃琵琶不同。中國明清琵琶為四絃豎抱式，五弦琵琶（胡琴）在中國絕跡，只有一件保留在日本正倉院中〔註67〕。

李賀《感春》詩有云「胡琴今日恨，急語向檀槽」，《李長吉歌詩王琦匯解》釋云：

> 昔人謂琵琶即是胡琴，考岑參《白雪歌》云：「中軍置酒飲歸客，胡琴琵琶與羌笛。」則胡琴、琵琶，乃二物也。又琵琶據傅玄賦，漢遣烏孫公主嫁昆彌，念其行道思慕，故使工人裁箏築為馬上之樂，欲從方俗語，故曰琵琶。杜摯云：長城之役，弦鞀而鼓之，是琵琶本不起胡中，謂之胡琴，當

〔註65〕岸邊成雄《唐代音樂史的研究》上冊，第14頁。
〔註66〕關於唐代的樂工的情況，詳參岸邊成雄《中國音樂史的研究》，第 21～32頁。
〔註67〕復旦大學歷史系教授韓昇上海博物館觀眾活動中心 2010 年 10 月 24 日的講座《東方文明的寶庫──正倉院》，中間講及音樂云：「這個樂器也是盛唐樂器。唐朝的琴現在還有傳世，按照著錄，比較可靠的是十二面半。唐琵琶中國沒有。今天的琵琶都是四絃。螺鈿紫檀五弦琵琶，世界上只有這一把保存下來。這個琵琶本身就是胡樂。我們的琵琶是圓的扁的，我們叫做阮。半梨形的琵琶的祖先是伊朗、印度。琵琶傳入中國對中國音樂很大的改變，定調都是通過琵琶來定調。五弦琵琶在唐朝很盛，我們可以從很多壁畫上得到印證，敦煌的五弦琵琶有一百多幅。」可參見 http://ishare.iask.sina.com.cn/f/11227985.html。

不其然。考唐時有五弦琵琶一器，如琵琶而小，北國所出。舊以木撥彈，樂工裴神符初以手彈，太宗悅甚〔註68〕。後人習為搊琵琶。唐人所謂胡琴，應是五弦琵琶耳。檀槽，謂以紫檀木為琵琶槽。張祜詩「金屑檀槽玉腕明」、王建詩「黃金捍撥紫檀槽」、王仁裕詩「紅裝齊抱紫檀槽」是也。〔註69〕

此論最為貼切。比之日本學者林謙三《東亞樂器考》認為「胡琴即琵琶」〔註70〕的說法更為明確。

五弦琵琶（胡琴）在唐代的流傳對琵琶和琴樂都產生了相當大的革命，琴樂音域進一步擴大，融入了琵琶曲，使得琴曲的演奏風格由原來的中和的君子之音融入了鏗鏘的胡樂邊聲，這些都促使邊塞詩的音樂環境持續地發展和繁榮。

白居易《池邊即事》詩云：「氈帳胡琴出塞曲，蘭塘越棹弄潮聲。何言此處同風月，薊北江南萬里情。」〔註71〕此即胡琴所奏的原橫吹曲《出塞》之音。《唐聲詩》亦提及敦煌《婆羅門》曲了，用的李益《夜上受降城聞笛》「回樂峰前沙似雪」的辭〔註72〕，《婆羅門》曲即是《霓裳羽衣》曲的前身〔註73〕，與李益「每一篇成，樂工爭以賂求取之，被聲歌供奉天子」〔註74〕的說法符合。劉長卿《鄂渚聽杜別駕彈胡

〔註68〕《太平廣記》卷二〇五「琵琶」條下云「貞觀中，彈琵琶裴洛兒始廢撥，用手。今俗所謂『搊琵琶』是也」，即此。

〔註69〕《三家評注李長吉歌詩》卷三，《感春》詩，上海古籍出版社，1998年版，第115～116頁。

〔註70〕參考《東亞樂器考》第三章《絃樂器》第15小節《唐代胡琴的名稱》一文，音樂出版社，1962年版，第254～256頁。

〔註71〕《全唐詩》卷四四九，第5071頁。

〔註72〕《唐聲詩》（上編），第332頁。

〔註73〕《樂府詩集》卷八十《近代曲辭》有《婆羅門》，題解引《唐會要》云：「天寶十三載，改《婆羅門》為《霓裳羽衣》。」見第1128頁。按，《霓裳羽衣》曲抄襲自《婆羅門》曲，並非意味著《婆羅門》曲消亡，兩者當並存，《婆羅門》曲為《霓裳羽衣》曲的前身。

〔註74〕《新唐書》卷二百三，列傳第一百二十八文藝下，北京：中華書局點校本，1975年版，第18冊，第5784頁。

琴》：「文姬留此曲，千載一知音。不解胡人語，空留楚客心。聲隨邊草動，意入隴雲深。何事長江上，蕭蕭出塞吟。」〔註75〕許渾《聽琵琶》：「欲寫明妃萬里情，紫槽紅撥夜丁丁。胡沙望盡漢宮遠，月落天山聞一聲。」〔註76〕皆是寫胡琴和琵琶之中的出塞、邊關之音樂想像。杜甫《詠懷古蹟》其三有「千載琵琶作胡語」之句，《杜詩詳注》解釋云：「庾信《昭君詞》：『胡風入骨冷，夜月照心明。方調琴上曲，變入胡笳聲』。瀚曰：『琵琶句，乃融化其語。』《釋名》：琵琶，本邊人馬上所鼓也，推於前曰琵，引卻曰琶。石崇《明君詞序》：『昔公主嫁烏孫，令琵琶馬上作樂，以慰其道路之思』，其送明君亦必而也，其造新曲，多哀怨之聲。《琴操》：『昭君在外，恨帝始不見遇，乃作怨思之歌，後人名為《昭君怨》』」。〔註77〕此亦可見琵琶之樂後來融入琴曲。不僅琵琶，橫吹之樂也融入了琴曲，杜佑《通典》云「絲桐唯琴曲有胡笳聲」〔註78〕。《通典》同卷所載「四方樂」之「西戎五國」（高昌、龜茲、疏勒、康國、安國）中，除康國以胡旋舞著名，其餘四國的樂器皆有「琵琶」、「五弦琵琶」以及「橫笛」、「篳篥」〔註79〕，除胡琴與琵琶之外，羯鼓亦特為流行。「西戎五國」中高昌、龜茲、疏勒三國樂均有羯鼓，「南蠻樂」（扶南、天竺）亦有羯鼓〔註80〕。《通典》云「又有新聲自河西至者，號『胡音聲』，與龜茲樂、散樂俱為時重，諸樂咸為之少寢。」〔註81〕任半塘先生《唐聲詩》中指出：「至於唐代胡樂之盛，可

〔註75〕《全唐詩》卷一四八，第1505頁。

〔註76〕《全唐詩》卷五三八，第6139頁。

〔註77〕《杜詩詳注》卷十七，北京：中華書局點校本，第四冊，第1503～1504頁。

〔註78〕《通典》卷一百四十六，樂六，北京：中華書局點校本，1985年版，第3725頁。

〔註79〕《通典》卷一百四十六，樂六，第3723～3724頁。

〔註80〕（唐）南卓《羯鼓錄》（清守山閣叢書本）云：「羯鼓，出外夷樂。以戎羯之鼓，故曰羯鼓。其音主太簇一均。龜茲部、高昌部、疏勒部、天竺部皆用之。次在都曇鼓、答臘鼓之下。……其聲焦殺鳴烈，尤宜促曲急破、戰杖連碎之聲。又宜高樓玩景，明月清風凌空透遠極異眾樂。」

〔註81〕（唐）南卓，《羯鼓錄》（清守山閣叢書本），第3726頁。

因《通典》一四二所載後魏宣武以來胡聲發展之大勢及一四六載周、隋以來管絃曲與鼓舞曲分用西涼、龜茲諸樂之事實推之，眾所周知，毋俟覙縷，在上列胡樂之七部中，又以龜茲樂為最著。日本林謙三《隋唐燕樂調研究》謂唐代胡樂雖不限龜茲一種，而其他胡樂之在中國者，大抵為龜茲所掩，龜茲樂予中國音樂之感化最深。中國人對於樂調之傳統觀念，向以宮聲為調首者，竟因此而有所變更，於是音界大展云云。龜茲之主要樂器為琵琶，唐人之精此伎與賞此伎者均特盛，唐詩中詠琵琶者亦特多。僅敦煌石窟『伎樂天』之大量壁畫中，已可驗得當時琵琶地位如何重要，在唐人音樂生活中實多不離琵琶。因此相當部分之聲詩必託於胡樂，託於龜茲樂，託於琵琶。……惟琵琶之傳入中國，早在漢代，想來廣泛使用，初不以奏胡樂為限；久之，遂有胡制、漢制及二者兼制之分通典一四四。無論純粹胡樂或半胡化之西涼樂，或參雜若干胡樂成分的法曲，甚至全無胡樂成分之清商樂內，皆可用琵琶伴奏。」〔註82〕

琵琶曲中有《王昭君》。劉長卿《王昭君歌》：「自矜嬌豔色，不顧丹青人。那知粉繪能相負，卻使容華翻誤身。上馬辭君嫁驕虜，玉顏對人啼不語。北風雁急浮雲秋，萬里獨見黃河流。纖腰不復漢宮寵，雙蛾長向胡天愁。琵琶弦中苦調多，蕭蕭羌笛聲相和。誰憐一曲傳樂府，能使千秋傷綺羅。」〔註83〕此琵琶曲後改制為琴曲，名《昭君怨》，諸多作為聲詩的《昭君怨》即來自於此樂。顧況聽琵琶後的關塞音樂想像，圍繞昭君，更顯得神思縱橫：

劉禪奴彈琵琶歌

　　樂府只傳橫吹好，琵琶寫出關山道。

　　羈雁出塞繞黃雲，邊馬仰天嘶白草。

　　明妃愁中漢使回，蔡琰愁處胡笳哀。

〔註82〕任半塘著，《唐聲詩》（上編），上海古籍出版社，1982年版，第31～32頁。

〔註83〕《全唐詩》卷一五一，第1579頁。

鬼神知妙欲收響，陰風切切四面來。

李陵寄書別蘇武，自有生人無此苦。

當時若值霍驃姚，滅盡烏孫奪公主。〔註84〕

羊士諤《夜聽琵琶三首》：

掩抑危弦咽又通，朔雲邊月想朦朧。

當時誰佩將軍印，長使蛾眉怨不窮。

一曲徘徊星漢稀，夜闌幽怨重依依。

忽似摐金來上馬，南枝棲鳥盡驚飛。

破撥聲繁恨已長，低鬟斂黛更摧藏。

潺湲隴水聽難盡，並覺風沙繞杏梁。〔註85〕

唐代以琵琶和胡琴為主導的樂器持續影響下的音樂環境，亦可再舉數例：

空餘關隴恨，因此代相思。〔註86〕

雖有相思韻，翻將入塞同。〔註87〕

將軍曾制曲，司馬屢陪觀。本是胡中樂，希君馬上彈。〔註88〕

涼州七里十萬家，胡人半解彈琵琶。〔註89〕

萬里胡天海寒秋，分明彈出風沙愁。〔註90〕

琵琶多於飯甑。〔註91〕

〔註84〕《全唐詩》卷二六五，第2947頁。

〔註85〕《全唐詩》卷三三二，第3709頁。

〔註86〕唐太宗《琵琶》詩，見《全唐詩》卷一，第18頁。

〔註87〕陳叔達，《聽鄰人琵琶》，見《全唐詩》卷三十，第430頁。

〔註88〕李嶠，《琵琶》，《全唐詩》卷五十九，第709頁。

〔註89〕岑參，《涼州館中與諸判官夜集》，見《全唐詩》卷一九九，第2055頁。

〔註90〕李群玉，《王內人琵琶引》，《全唐詩》卷五六八，第6583頁。

〔註91〕《江陵語》，題下注：「江陵在唐世號衣冠藪澤，故稱云」，見《全唐詩》卷八九六，第9932頁。

楚妃波浪天南遠，蔡女煙沙漠北深。〔註92〕

調弦拂匣倍含情，況復空山秋月明。隴水悲風已嗚
咽，鶤雞別鶴更淒清。將軍塞外多奇操，中散林間有正聲。
〔註93〕

胡琴、琵琶樂器作為一種直觀體現，可見唐代音樂環境中胡樂的
繁盛；武元衡《汴河聞笛》：「何處金笳月裏悲，悠悠邊客夢先知。單于
城下關山曲，今日中原總解吹。」〔註94〕唐代的音樂環境，胡琴、琵
琶等後入異域樂器與胡笳、胡角、羌笛等先入異域樂器一起繼續影響
著詩人的邊塞想像。

二、大曲與邊塞詩

大曲是唐代活生生的音樂形態。作為來源之邊地的唐代新生的大
型組合式音樂，大曲對邊塞詩的繼續生成提供著肥沃的土壤。

洪邁《容齋隨筆》云：「今樂府所傳大曲，皆出於唐。而以州名者
五，伊、涼、熙、石、渭也。《涼州》今轉為《梁州》，唐人已多誤用。
其實從西涼府來也。凡此諸曲，唯《伊》、《涼》最著。唐詩詞稱之極
多，聊紀十數聯，以資談助。如『老去將何散旅愁，新教小玉唱《伊
州》』、『求守管絃聲款逐，側商調裏唱《伊州》』、『鈿蟬金雁皆零落，
一曲《伊州》淚萬行』、『公子邀歡月滿樓，雙成揭調唱《伊州》』、『賺
殺唱歌樓上女，《伊州》誤作《石州》聲』、『胡部笙歌西部頭，梨園弟
子和《涼州》』、『唱得《涼州》意外聲，舊人空數米嘉榮』、『霓裳奏
罷唱《梁州》，紅袖斜翻翠黛愁』、『行人夜上西城宿，聽唱《涼州》雙
管逐』、『丞相新裁別離曲，聲聲飛出舊《涼州》』、『只愁拍盡《涼州》
杖，畫出風雷是撥聲』、『一曲《涼州》今不清，邊風蕭颯動江城』、『滿

〔註92〕楊巨源，《冬夜陪丘侍御先輩聽崔校書彈琴》，《全唐詩》卷三三三，第
3729頁。
〔註93〕司馬逸客，《雅琴篇》，《全唐詩》卷一〇〇，第1073頁。
〔註94〕《全唐詩》卷三一七，第3576頁。

眼由來是舊人，那堪更奏《梁州》曲」、『昨夜蕃軍報國仇，沙州都護破梁州』、『邊將皆承主恩澤，無人解道取涼州』。皆王建、張祜、劉禹錫、王昌齡、高駢、溫庭筠、張籍諸人詩也。」〔註95〕《伊州》大曲和《涼州》大曲，為唐代最為著名的兩個大曲，這兩個來自西域的大曲，對唐代邊塞詩的持續繁榮均有很大影響。其中，《伊州歌》的影響偏重於「閨怨」一派，而《涼州詞》則偏於鏗鏘豪放的風格。

　　《樂府詩集·近代曲辭》之《伊州》題解引《樂苑》曰：「《伊州》，商調曲，西州節度使蓋嘉運所進也。」〔註96〕觀《樂府詩集》所錄《伊州》歌五遍、入破五遍，其總體風格偏於優美，尤其入破第四、第五，已經全似玉臺體五言詩，如「閨中紅粉態，陌上看花人」，可猜測其音樂風格接近柔緩舒和，其歌第三云：

> 聞道黃花戍，頻年不解兵。可憐閨裏月，偏照漢家營。
>
> 〔註97〕

　　這是對沈佺期五律《雜詩》片段截取後的翻唱版。亦與「閨怨體」邊塞詩的風格一致。然其入破第二、第三則相對稍振：

> 長安二月柳依依，西山流沙路漸微。
>
> 閼氏山上春光少，相府庭邊驛使稀。
>
> 三秋大漠冷溪山，八月嚴霜變草顏。
>
> 卷斾風行宵渡磧，銜枚電掃曉應還。

　　春景、秋景的描繪當與清商樂風格的邊塞詩相近。王小盾《唐大曲及其基本結構類型》中列《伊州》曲制度有「急」、「慢」二種，「慢曲子單遍至少有十八拍或十八樂句，急曲子單遍至少有十二拍或十二樂句。」〔註98〕以上二詩應為《伊州》之急遍。而《伊州》歌還有哀傷

〔註95〕《容齋隨筆》卷十四第 14 則《大曲伊涼》，北京：中華書局點校本，2005 年版，第 186 頁。
〔註96〕《樂府詩集》卷七十九，第 1119 頁。
〔註97〕《樂府詩集》卷七十九，第 1120 頁。以下所引《伊州》歌辭皆此頁。
〔註98〕王小盾，《隋唐音樂及其周邊》，上海音樂學院出版社，2012 年版，第 255 頁。

的音樂特性，許渾《吳門送振武李從事》詩中有「晚促離筵醉玉缸，《伊州》一曲淚雙雙」〔註99〕之句。

　　與《伊州》大曲相比，《涼州》大曲可謂豪放之音。《樂府詩集》卷七十九云：「《樂苑》曰：『《涼州》，宮調曲。開元中，西涼府都督郭知運進。』《樂府雜錄》曰：『《梁州曲》，本在正宮調中，有大遍小遍。至貞元初，康崑崙翻入琵琶玉宸宮調，初進曲在玉宸殿，故有此名。合諸樂即黃鐘宮調也。』張同《幽閒鼓吹》曰：『段和尚善琵琶，自制《西涼州》。後傳康崑崙，即《道調涼州》也，亦謂之《新涼州》云』。」〔註100〕元稹《琵琶歌》云「涼州大遍最豪嘈」〔註101〕，張祜《王家琵琶》：「金屑檀槽玉腕明，子弦輕撚為多情。只愁拍盡《涼州破》，畫出風雷是撥聲。」〔註102〕都說明《涼州》大曲節奏急迫，中有激昂發越之聲〔註103〕。張喬《宴邊將》：「一曲《梁州》金石清，邊風蕭颯動江城。座中有老沙場客，橫笛休吹《塞上》聲。」〔註104〕可見宴會之中亦常奏《涼州》大曲。而王翰著名的《涼州詞》，即作於宴會場合之中：

　　　　葡萄美酒夜光杯，欲飲琵琶馬上催。

　　　　醉臥沙場君莫笑，古來征戰幾人回。〔註105〕

〔註99〕　《全唐詩》卷五三六，第6116頁。
〔註100〕　《樂府詩集》卷七十九，第1117頁。
〔註101〕　《全唐詩》卷四二一，第4629頁。
〔註102〕　《全唐詩》卷五一一，第5844頁。
〔註103〕　北宋陳暘《樂書》卷一百五十八有關於寧王聽涼州大曲後的一段評論：「夫曲者，始於宮，散於商，成於角徵羽。臣見此曲，宮離而少微，商亂而加暴。宮者，君也，商者，臣也。宮不勝則君體卑，商有餘則臣事僭。臣恐異日臣下有悖亂之事，陛下有播越之禍，兆於斯曲也。」按，此論或後人所加，不當為寧王所能明察所敢直言，但其產生年代當在涼州大曲未亡之時，所論涼州大曲的特點「宮離而少微，商亂而加暴」的特點應當是準確的。
〔註104〕　《全唐詩》卷六三八，第7305頁。
〔註105〕　《全唐詩》卷一五六錄王翰《涼州詞》二首，此其一。其二云：「秦中花鳥已應闌，塞外風沙猶自寒。夜聽胡笳折楊柳，教人意氣憶長安。」是更加典型的音樂想像之作。見第1605頁。

　　首句是寫酒宴的場面，詩人在宴飲之際，聽到了《涼州》大曲之中最為嚌嘈的一遍，繁聲切切相催（「催」為大曲的術語〔註106〕），「馬上」是琵琶最初的演奏形態（「琵琶馬上之樂也」），所以，整個詩前二句都是在說宴會場合聽到了嚌嘈急切的《涼州》曲，而詩人因這種音樂的感染，產生了後二句的聯想：彷彿自己身處戰場，身同士卒，然而自己這樣一副醉態，不勝戎裝，無法參加戰鬥。但是即便是不能參加戰鬥又何妨，古來征戰的士兵有幾人能夠保全生命歸還呢？這種看似豪放卻包含悲慨的經典名句實際上來源於大曲音樂的聽覺感染和想像，足見音樂對文學詩思影響的深度。

　　《涼州》大曲以其強烈的感染力，在民間以摘遍的形式流傳很廣，而且樂曲亦有了新變，但大致以胡樂鏗鏘激昂的風格為主。這種主要風格形成了類似於詞調的小單元樂曲，即為詩人廣泛填寫的《涼州詞》的音樂母體。《涼州》摘遍可以是琵琶（或胡琴）和羌笛共同演奏（據白居易詩「促張弦柱吹高管」），也可以是羌笛獨奏（據張祜詩「道調《梁州》急遍吹」）。故而在唐詩中，七言絕句體的《涼州詞》，其文學風貌完全可以想像：

> 國使翩翩隨斾旌，隴西岐路足荒城。
>
> 氈裘牧馬胡雛小，日暮蕃歌三兩聲。
>
> 邊城暮雨雁飛低，蘆筍初生漸欲齊。
>
> 無數鈴聲遙過磧，應馱白練到安西。
>
> 古鎮城門白磧開，胡兵往往傍沙堆。

〔註106〕沈括《夢溪筆談》卷五：「元稹《建昌宮詞》有『逡巡大遍涼州徹』，所謂大遍者，有序、引、歌、㰖、嗺、哨、催、攧、哀、破、行、中腔、踏歌、之類凡數十解。」王灼《碧雞漫志》卷三：「白樂天《秋夜聽高調涼州》詩云：『樓上金風聲漸緊，月中銀字韻初調。促張弦柱吹高管，一曲《涼州》入沈寥。』大呂宮，俗呼高宮，其商為高大石，其羽為高般涉，所謂高調，乃高宮也。……凡大曲，有散序、靸、排遍、攧、正攧、入破、虛催、實催、袞遍、歇指、殺袞，始成一曲，此謂大遍。」另，可參《「催」字的用法及其他——釋〈涼州詞〉中的「欲飲琵琶馬上催」》，白堅，《齊魯學刊》，1987年第6期。

　　巡邊使客行應早，每待平安火到來。

　　鳳林關裏水東流，白草黃榆六十秋。

　　邊將皆承主恩澤，無人解道取涼州。

　　昨夜蕃兵報國仇，沙州都護破涼州。

　　黃河九曲今歸漢，塞外縱橫戰血流。

　　渾成紫檀金屑文，作得琵琶聲入雲。

　　胡地迢迢三萬里，那堪馬上送明君。

　　異方之樂令人悲，羌笛胡笳不用吹。

　　坐看今夜關山月，思殺邊城遊俠兒。

　　黃河遠上白雲間，一片孤城萬仞山。

　　羌笛何須怨楊柳，春光不度玉門關。

　　單于北望拂雲堆，殺馬登壇祭幾回。

　　漢家天子今神武，不肯和親歸去來。

　　本文故意隱去作者，實際上是想說明作為聲詩的《涼州詞》，所應用的途徑是流傳於樂器和歌曲之中的歌辭。其創作的方式類似於倚聲填詞，其對邊塞異域的風物描寫來源於音樂想像。

　　除了《伊州》、《涼州》大曲之外，尚有其他大曲的單元樂曲也涉及到了胡樂和邊聲，可能由於樂曲旋律成為法曲之後綜合了清商樂江南曲的特點，很多帶有「閨怨體」邊塞詩的風格。除「閨怨體」一節所引《陸州歌》第四和《簇拍睦州》、《石州》外，《水調》大曲、《柘枝》舞曲，均有涉及邊塞聲詩的元素。體現出大曲演奏中的一些相對靈活性和交融特點。

　　《水調》本為隋煬帝時歌，唐代新翻為《新水調》〔註107〕。後成

〔註107〕《樂府詩集》卷七十九：「舊說，《水調河傳》，隋煬帝幸江都時所製。曲成奏之，聲韻怨切。王令言聞而謂其弟子曰：『但有去聲而無回韻，帝不返矣。』後竟如其言。按唐曲凡十一疊，前五疊為歌，後六疊為入破。其歌，第五疊五言調，聲最為怨切。故白居易詩云：『五言一遍最殷勤，調少情多似有因。不會當時翻麴意，此聲腸斷為何人！』唐又有《新水調》，亦商調曲也。」見第1115頁。

為大曲。作為大曲之《新水調》，五遍，前四遍聲調鏗鏘，可視為邊塞之音：

> 平沙落日大荒西，隴上明星高復低。
> 孤山幾處看烽火，壯士連營候鼓鞞。歌第一
> 猛將關西意氣多，能騎駿馬弄雕戈。
> 金鞍寶鉸精神出，笛倚新翻《水調》歌。第二
> 王孫別上綠珠輪，不羨名公樂此身。
> 戶外碧潭春洗馬，樓前紅燭夜迎人。第三
> 隴頭一段氣長秋，舉目蕭條總是愁。
> 只為征人多下淚，年年添作斷腸流。第四

前二首歌辭透露出音樂的雄壯，第三首略微婉轉，第四首轉入悲切，從歌辭上看，還頗類似橫吹曲《隴頭水》之悽愴之音。而第五遍則為柔美的音樂了：「雙帶仍分影，同心巧結香。不應須換彩，意欲媚濃妝。」〔註108〕這五疊的變化非常類似於上章所論的「作為音樂概念的『豔歌』與《白馬篇》」一節的音樂特徵。也就是說，唐代新翻的《水調》，應該是一首帶有「豔歌」前奏的《水調》（唐代大曲稱為「序」或「散序」）。如果以胡琴琵琶來作為「序」，則歌辭風格自然為邊塞詩了。

陳陶《水調詞十首》〔註109〕

> 點虜迢迢未肯和，五陵年少重橫戈。
> 誰家不結空閨恨，玉箸闌干妾最多。
> 羽管慵調怨別離，西園新月伴愁眉。
> 容華不分隨年去，獨有妝樓明鏡知。
> 憶餞良人玉塞行，梨花三見換啼鶯。
> 邊場豈得勝閨閣，莫逞雕弓過一生。

〔註108〕以上均見《樂府詩集》卷七十九，第1115頁。
〔註109〕《全唐詩》卷七四六，第8490～8491頁。

惆悵江南早雁飛，年年辛苦寄寒衣。
征人豈不思鄉國，只是皇恩未放歸。

水閣蓮開燕引雛，朝朝攀折望金吾。
聞道磧西春不到，花時還憶故園無。

自從清野戍遼東，舞袖香銷羅幌空。
幾度長安發梅柳，節旄零落不成功。

長夜孤眠倦錦衾，秦樓霜月苦邊心。
征衣一倍裝綿厚，猶慮交河雪凍深。

瀚海長征古別離，華山歸馬是何時。
仍聞萬乘尊猶屈，裝束千嬌嫁郅支。

沙塞依稀落日邊，寒宵魂夢怯山川。
離居漸覺笙歌懶，君逐嫖姚已十年。

萬里輪臺音信稀，傳聞移帳護金微。
曾須麟閣留蹤跡，不斬天驕莫議歸。

這十首聲詩幾乎全是邊塞詩，幾乎都有「閨怨體」的風格。從上文分析可見，這十首詩定然是以大曲《水調》之邊塞之音的「序」為母體，為大曲《水調》的演奏服務，並不是以五言的本色調為依傍。

白居易《聽歌六絕句·水調》云「五言一遍最殷勤，調少情多似有因。不會當時翻麴意，此聲腸斷為何人」〔註110〕，可以想見大曲《水調》新翻的鏗鏘雄壯之音並不讓詩人特別欣賞，反而是「五言一遍」最為悲切感人。大曲《水調》入破後，前四遍聲詩也是具有邊塞詩的風格，而第五則作兒女怨慕之情，第六徹則回歸五言：「閨燭無人影，羅屏有夢魂。近來音耗絕，終日望君門」〔註111〕。五言詩中的哀怨當是《水調》音樂的本色，然其所加入的邊塞風格並未消亡，在大型的演奏場合（如宮廷）依然會促進邊塞聲詩的形成。

〔註110〕《全唐詩》卷四五八，第5212頁。
〔註111〕見《樂府詩集》卷七十九，第1116頁。

《柘枝》舞曲，出於南詔，分健舞、軟舞二種〔註112〕。唐代軟舞的《柘枝》非常流行，劉禹錫《觀柘枝舞》云「燕秦有舊曲，淮南多冶詞」；《和樂天柘枝》云「鼓催殘拍腰身軟」〔註113〕，可見到了中唐，《柘枝》的音樂風格和舞蹈風格均已新變為輕柔靡冶之狀了，故而引起詩人「卻赴襄王夢裏期」〔註114〕的香艷遐思，婉約一派的《柘枝詞》在《全唐詩》中很多見〔註115〕。而健舞的《柘枝》舊曲則對邊塞詩的生成提供過相當的動力。如《樂府詩集》卷五十六所錄《柘枝詞》本辭，即是一首邊塞詩：

> 將軍奉命即須行，塞外領強兵。聞道烽煙動，腰間寶劍
> 匣中鳴。〔註116〕

實際上，《柘枝》舞的風格由健舞轉為軟舞，首先是音樂調性改變，是《柘枝曲》由羽調降為商調、宮調，慷慨之音不復存在的結果。何昌林《唐代舞曲〈屈柘枝〉——敦煌曲譜〈長沙女引〉考辨》一文中論述非常清晰：「《樂苑》：『羽調有《柘枝曲》、商調有《屈柘枝》、另有角調之《五天柘枝》。』由此可證，羽調《柘枝曲》是原曲，

〔註112〕 王小盾《唐代大曲及其基本結構類型》介紹《柘枝》云：「源出南詔。入羽調、商調、宮調。摘遍辭存五言六句、五言八句、『七五五七』三體。有解曲，用《渾脫》解。有急遍、慢遍之分，急遍作《耶婆色雞》解曲。舞有健舞、軟舞二種，軟舞常用二女童對舞。其事屢見於唐人詩文，有《屈柘》、《屈枝柘》、《握柘辭》、《掘柘辭》、《播柘辭》等別名」，參《隋唐音樂及其周邊》，上海音樂學院出版社，2012 年版，第 257 頁。

〔註113〕 劉禹錫，《觀柘枝舞二首》，《全唐詩》卷三五四，第 3972 頁；劉禹錫《和樂天柘枝》，《全唐詩》卷三六〇，第 4067 頁。

〔註114〕 張祜，《觀楊瑗柘枝》，《全唐詩》卷五一一，第 5827 頁。按，同書同卷張祜另有《觀杭州柘枝》、《周員外席上觀柘枝》二首，所觀《柘枝》舞皆是紅粉柔媚婉約的風貌。

〔註115〕 按，健舞《柘枝》在中唐之後的影響不及軟舞，大概以女色容易動人的緣故。《全唐詩》中詠柘枝舞、柘枝妓以及寫柘枝詞的詩篇，以描寫軟舞《柘枝》舞女為主。

〔註116〕 《樂府詩集》卷五十六《舞曲歌辭》五，第 819 頁。此詩亦見《全唐詩》卷二十二，第 290 頁。

商調《屈柘枝》，是利用原曲「變宮為角」之法派生的新曲，此法乃今日湖南花鼓戲老藝人的所謂「屈」調法；角調《五夭柘枝》也是利用原曲取「清角為宮」之法派生出的新曲，此法乃湖南花鼓戲老藝人所謂的「揚」調法。……由商調《屈柘枝》繼續用「屈」調法，則必然會派生出正調與宮調的《屈柘枝》來。……由羽調《柘枝曲》用「屈」調法派生出的宮調《屈柘枝》，早已在唐代產生並傳到日本去了。故日本的《宮調柘枝》實即宮調式《屈柘枝》，與《長沙女引》實為異名之同曲。」〔註117〕

而當羽調、商調的健舞因不適合女樂表演被剔除之後，唯獨剩下的舞蹈便是唐人詩文中描寫的明媚軟舞了。上文已經指出「南蠻樂」使用羯鼓，《柘枝》舞的主要樂器當亦如是，章孝標《柘枝》云「柘枝初出鼓聲招」〔註118〕、張祜《池州周員外出柘枝》云「錦靴行踏鼓聲來」〔註119〕，均可證。如果大曲《柘枝》先奏羽調，而後降為商調，而後再次揚調為角調，如此排遍，就可以生成薛能的三首《柘枝詞》了：

> 同營三十萬，震鼓伐西羌。戰血黏秋草，征塵攪夕陽。
> 歸來人不識，帝里獨戎裝。
>
> 懸軍征拓羯，內地隔蕭關。日色崑崙上，風聲朔漠間。
> 何當千萬騎，颯颯貳師還。
>
> 意氣成功日，春風起絮天。樓臺新邸第，歌舞小嬋娟。
> 急破催搖曳，羅衫半脫肩。〔註120〕

〔註117〕 載《敦煌學輯刊》，1985年第1期。按，該文辯證了《柘枝》出於南詔而非出於西域石國，指出「屈調」為降調之意。再按，關於柘枝舞出自南詔之說，學界尚有異議。郭麗《柘枝舞起源三說平議》一文列「石國說補證」「拓跋說申論」「南詔說證偽」三部分內容，堅持柘枝舞出自西域石國說。參見郭麗《樂府文獻考論》，鳳凰出版社，2020年版，第67～82頁。
〔註118〕 《全唐詩》卷五〇六，第5755頁。
〔註119〕 《全唐詩》卷五〇六，第5755頁。
〔註120〕 《樂府詩集》卷五十六《舞曲歌辭》五，第819頁。此詩亦見《全唐

　　這三首《柘枝詞》前兩首是伴樂，後一首應該是伴舞。故而這三首表面上看來風格極為割裂的《柘枝詞》，實際上則是音樂變化的真實反映。羽調慷慨，故第一首「震鼓伐西羌」意氣豪邁；商調蕭颯，故云「颯颯貳師還」；而最後一首正是《柘枝》再揚為角調之後，給人以春風和煦的明媚想像，舞女登場，滿堂皆歡〔註121〕。

　　南詔傳入的舞曲除了《柘枝》外，尚有《蓋羅縫》。據《唐聲詩》（下編）所考〔註122〕，《蓋羅縫》本應為一首讚頌南詔首領閣羅鳳的舞曲，唐代教坊演奏的可能是其片段或摘遍。其風格與健舞的《柘枝》類似，故其音樂的配對歌辭也是邊塞詩。《樂府詩集》錄其歌辭二首，也是將具有邊塞風格的絕句作為演奏歌辭。其一云：「秦時明月漢時關，萬里征人尚未還。但願龍庭神將在，不教胡馬渡陰山」，此翻唱王昌齡《出塞》；其二云「音書杜絕白狼西，桃李無顏黃鳥啼。寒鳥春深歸去盡，出門腸斷草萋萋」〔註123〕，為王昌齡《春怨》，為「閨怨體」邊塞詩的典型風格。我們認為，這兩首因音樂風格的細微不同而採用王昌齡兩首風格匹配的絕句入樂，具有隨意性。其他詩人的邊塞詩作亦可參酌配聲。

　　本文還想說明，大曲作為唐代典型的音樂形態，其流傳頗為廣

〔註121〕溫庭筠《柘枝詞》亦是角調《柘枝》的舞蹈場面：「楊柳縈橋綠，玫瑰拂地紅。繡衫金騕褭，花髻玉瓏璁。宿雨香潛潤，春流水暗通。畫樓初夢斷，晴日照湘風。」見《樂府詩集》卷五十六，第819頁。

〔註122〕任半塘《唐聲詩》（下編）考《蓋羅縫》曲云：「【創始】唐教坊曲，始於玄宗天寶七、八兩載間。【名解】南詔王閣羅鳳名之轉音。【別名】別寫作《合羅縫》、《閣羅縫》、《閣羅縫》，又稱《羅鳳曲》。【樂】《教坊記》曲名中列《蓋羅縫》。《唐語林》卷八：『呼曲之名下兵曰下平，閣羅縫為閤羅縫。……如斯之語甚多。』謂當時人發音訛誤如此，足見此曲流行。【雜考】天寶七載，南詔王閣羅鳳立，九載，陷雲南，北歸吐蕃。至其孫異牟尋，始仍歸唐。《舊唐書》謂李宓率兵擊蠻於西洱河，糧盡，為閣羅鳳所擒，本調應創於閣羅鳳進擾雲南之前，即天寶七、八兩載之間。」見第506～507頁。

〔註123〕以上皆見《全唐詩》卷二九《雜曲歌辭》，第384～385頁。

泛。而詩人倚聲填寫的大曲摘遍的聲詩，作為一個小小的音樂單元，很有可能並不以大曲的名稱來命名作品，而是簡單標以《出塞》、《入塞》、《塞上》、《塞下》等曲名就可以了。大曲也是採摘這樣的聲詩入樂的。並非《伊州》之曲要專用《伊州》之辭，而更並非《伊州》之辭不可以唱《涼州》、《石州》。這種靈活出入式的邊塞詩配邊聲大曲的特點，在唐代非常普遍。

　　另外，唐代音樂壞境還有一個特點，即大量的胡笳胡角橫吹曲寫入琴曲，其中最為重要的是大曲琴歌《胡笳》和大曲琴歌《昭君》的形成。王小盾《〈胡笳十八拍〉與琴歌》指出：「到了晉代，琴曲《胡笳》始稱為『曲』和『弄』。這意味著它有了確定的主題，稱為固定的琴曲曲目。晉劉琨所作的《胡笳五弄》，包括《登隴》、《望秦》、《竹吟風》、《哀松露》、《悲漢月》五曲。根據《幽蘭》譜，可以知道這五個曲目一直流傳至唐。《樂府詩集》載有南朝宋吳邁遠、梁陶弘景、江洪的四首《胡笳曲》琴歌辭，它們或寫邊地懷鄉，或詠邊城兵將，主題一致，應當是配合《胡笳五弄》的。唐人詠《胡笳曲》有云『出塞入塞之聲』，『南看漢月雙眼明』。這也表明唐代《胡笳曲》同《胡笳五弄》的源流關係。」〔註 124〕該文指出四弄的《胡笳明君》為《上舞》、《下舞》、《上閒弦》、《下閒弦》；五弄的《胡笳明君》為《辭漢》、《跨鞍》、《望鄉》、《奔雲》、《入林》〔註 125〕。該文強調五弄的《明君別》，而對

〔註 124〕 王小盾，《〈胡笳十八拍〉與琴歌》，《古典文學知識》，1995 年第 5 期，第 105 頁。

〔註 125〕 此材料見於《樂府詩集·相和歌辭四·吟歎曲》之《王昭君》題解，原文曰：「王僧虔《技錄》云：『《明君》有閒弦及契注聲，又有送聲。』謝希逸《琴論》曰：『平調《明君》三十六拍，胡笳《明君》三十六拍，清調《明君》十三拍，閒弦《明君》九拍，蜀調《明君》十二拍，吳調《明君》十四拍，杜瓊《明君》二十一拍，凡有七曲。』《琴集》曰：『胡笳《明君》四弄，有上舞、下舞、上閒弦、下閒弦。《明君》三百餘弄，其善者四焉。又胡笳《明君別》五弄，辭漢、跨鞍、望鄉、奔雲、入林是也。』按琴曲有《昭君怨》，亦與此同。」見卷二十九，第 426 頁。

《琴集》所云「《明君》三百餘弄，其善者四焉」的四弄《胡笳明君》，則有所忽視。本文認為，《上舞》、《下舞》、《上閒弦》、《下閒弦》四弄的《胡笳明君》，以及宋吳邁遠、梁陶弘景、江洪的四首《胡笳曲》琴歌辭，很有可能就是唐代新生的《塞上曲》、《塞下曲》二曲的原型。《上舞》、《下舞》、《上閒弦》、《下閒弦》四弄，實際上應當是彈琴的方式，當然也有可能是琵琶。「四弄」以其最為強烈的感染力最終獨立出來，成為唐代經典流行曲目，這樣，自然可以生成《塞上曲》和《塞下曲》了。

第四節　音樂感染與音樂想像

　　唐代王昌齡、高適、王之渙「旗亭畫壁」的故事頗有盛名。王之渙之所以有「自以得名已久，因謂諸人曰：『此輩潦倒樂官，所唱皆巴人下俚之詞，豈陽春白雪之曲，俗物敢近哉！』因指諸妓中最佳者曰：『待此子所唱，如非我詩，即終身不敢與子爭衡矣』」〔註126〕的自信，是否僅僅只是因為「黃沙遠上白雲間，一片孤城萬仞山。羌笛何須怨楊柳，春風不度玉門關」這首絕句文字本身的藝術美感呢？試想今日之歌手大賽，冠軍能夠勝出的原因應該是音樂旋律的美妙到位把握與對歌辭感情淋漓盡致的表現相結合吧？而演唱腔調甚高，難度甚大的曲子，甚能表現歌手唱功。或許這就是王之渙所云的「陽春白雪之曲」吧！

　　唐代因「絲綢之路」傳入的異域樂器和具有邊塞、異域風情的音樂在內地的廣泛流行，與唐代隨著「絲綢之路」進入內地的胡人，尤其是從事音樂活動的胡人一起，營造了一個非常真實的有利於樂府邊塞詩被廣泛接受的音樂文化環境，使得大量的樂府邊塞詩得以持續繁榮。這是一個長期被漢族正統文化主流忽視的事實。即使是去過邊地

〔註126〕《唐才子傳校箋》卷三引薛用弱《集異記》，見《唐才子傳校箋》第一冊，第 449 頁。《全唐詩》卷二五三亦引，文較略，見第八冊，第 2849 頁。

的詩人，也會主動思考自己詩歌描寫邊塞現實的內容如何被內地的音樂文化環境更好地接受。例如開元末年天寶初年高適前往營州所寫的《營州歌》，固然是對當時營州粟特胡人的真實描寫，但是作為絕句的《營州歌》本身更是聲詩，是會被採納入這樣一個音樂文化接受環境中的樂府歌辭。

當邊塞詩插上音樂的翅膀，從「文學創作－文本閱讀」這一單線條的對應關係轉化為「音樂演奏－歌辭創作－聽眾感染－歌辭再創作」這樣的複合式對應關係，自然成為受眾更為普及的文化藝術。詩樂的結合，在邊塞詩的生成與繁榮上我們看到了其持久的影響力。

王表《成德樂》所云「無端更唱關山曲，不是征人亦淚流」〔註127〕的「關山曲」，應該在唐人音樂文化心理上被約定俗成地認可為可以與今日之《青藏高原》相類似的曲調。音樂的持續感染，為邊塞詩的生成提供了消費環境。使得詩人為之動容，更為之提供歌辭產品——聲詩。因此，具有邊塞想像的音樂環境，是邊塞詩生成的母體，也是邊塞詩繁榮的最主要原因。

吳相洲《唐詩創作與歌詩傳唱關係研究》指出：「盛唐是歌詩創作的繁盛期，也是唐詩發展的高峰。這兩個繁盛期同時出現，不是巧合，而是有著內在的必然的聯繫。歌詩傳唱是盛唐人生活中的很普遍很重要的一件事，必然引起詩人們的普遍關注，從而直接促進了詩歌創作的繁榮。盛唐著名詩人王維、李白、王昌齡等同時也是歌詩的著名作者。盛唐詩的多種題材在歌詩中都有表現，尤其是邊塞詩，在當時是一個熱點題材，也是歌詩創作的一個熱點題材。」〔註128〕

音樂與詩歌是一對具有天然血脈的孿生兄弟，都具有線性流動的審美感知，因此，二者往往成為最為親密和諧的合作夥伴。王次炤《音樂美學新論》指出：「文學與音樂的關係歷來非常密切，研究音樂史假

〔註127〕《全唐詩》卷二八一，第3199頁。

〔註128〕參見吳相洲著，《唐詩創作與歌詩傳唱關係研究》，北京大學出版社，2004年版，《結論》，第385頁。

如不熟悉文學史是絕對不行的。」〔註129〕我們將這個說法中「音樂史」和「文學史」位置調換，也必然是成立的。該書中又指出：「屠格涅夫和門德爾松把音樂看作是一種超越語言的表述。我們認為這種超越性實際包含了兩重含義：其一，是音樂本身對於語言的超越性，即音樂中含有只可意會不可言傳的精神內容，這就是我們認為的音樂性內容。其二，是音樂中具有比語言表達更多的可以提供想像的因素。一段語言表達往往有較大的侷限性，一段音樂表達則往往可以提供聽眾極為豐富的聯想。」〔註130〕正是由於音樂在聽覺思維上較之視覺思維的文學所具有的更為抽象的審美特質，使得音樂的審美體驗具有更強大更活躍的想像性和創造力。這種豐富的想像體驗必然帶動豐富的文學聯想，從而促進相關文學作品的生成。因此，音樂想像對文學創作尤其歌詩創作的引領和帶動，是音樂與文學關係中最為重要的體現。而邊塞詩的生成過程，也正體現了文學的持續繁榮與音樂藝術特質的持續關照之間密不可分的關聯。

薛逢《醉中聞甘州》：「老聽笙歌亦解愁，醉中因遣合《甘州》。行追赤嶺千山外，坐想黃河一曲流。日暮豈堪征婦怨，路傍能結旅人愁。左綿刺史心先死，淚滿朱弦催白頭。」〔註131〕《甘州》大曲之中的邊塞元素感染著詩人，而組成《甘州》大曲的聲詩之中亦包含著「閨怨體」的邊塞詩──《征婦怨》。顧況在《李湖州孺人彈箏歌》中亦有「獨把《梁州》凡幾拍，風沙對面胡秦隔。聽中忘卻前溪碧，醉後猶疑邊草白」〔註132〕的音樂感染和音樂想像。白居易《聽蘆管》云：「幽咽新蘆管，淒涼古竹枝。似臨猿峽唱，疑在雁門吹。調為高多切，聲緣小乍遲。粗豪嫌觱篥，細妙勝參差。雲水巴南客，風沙隴上兒。屈原收淚夜，蘇武斷腸時。仰秣胡駒聽，驚棲越鳥知。何言胡越異，聞此一同

〔註129〕王次炤著，《音樂美學新論》，中央音樂學院出版社，2003 年版，第
　　　　170 頁，《關於文學和音樂比較研究的設想》。
〔註130〕王次炤著，《論音樂與文學》，第 179 頁。
〔註131〕《全唐詩》卷五四八，第 6329 頁。
〔註132〕《全唐詩》卷二六五，第 2948 頁。

悲。」〔註133〕元稹《小胡笳引》云：「我鄉安在長城窟，聞君虜奏心飄忽。何時窄袖短貂裘，胭脂山下彎明月。」〔註134〕這些均可見音樂對文學的引領、帶動式藝術關照以及對聽眾（詩人）文學想像的直接影響。

唐代的音樂環境中，邊聲邊曲對詩人的音樂啟發，常常與邊塞之景、征伐之實事或史事緊密聯繫起來。在音樂的感染下，詩人的創作可以不需要邊塞邊城從軍入幕的生活體驗，也可以不需要寫社會真實，詩人完全可以根據音樂的想像加上詩人的學識——漢代歷史典故中的邊塞意象——來構成一篇高古的邊塞詩作品。大量的邊塞詩作品以這種方式生成。音樂給詩人們提供了感同身受、心馳神往的想像空間。即便是詩人親身從軍入邊的邊塞詩之作，也往往通過音樂來作為創作的靈感和溝通渠道，如史昂《塞上聽彈胡笳作》雖作於塞上，但是也是因音樂而動了詩情〔註135〕；再如李益的名作《夜上受降城聞笛》：「回樂峰前沙似雪，受降城下月如霜。不知何處吹蘆管，一夜征人盡望鄉」〔註136〕。我們知道，李益的詩歌在當時每一篇出，樂工爭賂得之，被

〔註133〕　《全唐詩》卷四六二，第5254頁。

〔註134〕　《全唐詩》卷四二一，第4630頁。《全唐詩》卷七八六重出，題作無名氏《姜宣彈小胡笳引歌》。當以元稹詩為是。

〔註135〕　此詩不存，僅存序。見《敦煌詩集殘卷輯考》，北京：中華書局，2000年版，第98頁。序文中交待寫作背景曰：「天寶七載十有一月，次於赤水軍。將計□□。時有若尚書蘇公，專交兵使，處於別館。是日也，余因從韋公相與謁詣，既盡籌畫，且開樽俎。客有尹侯者，高冠長劍，尤善鼓琴。因按弦奏《胡笳》之曲，摧藏哀抑，聞之忘味。夫《胡笳》者首出蔡女，沒於胡塵，泣胡塵而淒漢月，煩冤愁思之所作也，故有《出塞》、《入塞》之聲，情商清徵之韻。其音苦，其調悲。況此地近胡下缺」，故此詩雖作於塞上幕府，亦是以音樂想像為主的詩篇。

〔註136〕　見《全唐詩》卷二八三，第3229頁。同卷又有李益《夜上西城聽梁州曲二首》詩云：「行人夜上西城宿，聽唱《梁州》雙管逐。此時秋月滿關山，何處關山無此曲」；「鴻雁新從北地來，聞聲一半卻飛回。金河戍客腸應斷，更在秋風百尺臺」。《聽曉角》詩云：「邊霜昨夜墮關榆，吹角當城漢月孤。無限塞鴻飛不度，秋風捲入小單于」。《夜宴觀石將軍舞》詩云：「微月東南上戍樓，琵琶起舞錦纏頭。更聞橫笛關山遠，白草胡沙西塞秋。」

聲歌，供奉天子。那麼，這些因為胡樂的音樂感染而寫成的邊塞詩，就極有可能重新進入胡樂樂器演奏的大曲或聲詩之中。從而形成一種循環往復的生成關係。詩人借助音樂想像，寫成邊塞詩，而這些邊塞詩可以繼續進入聲詩，繼續影響詩人和聽者，這便是具有循環特點的「音樂－邊塞詩」、「邊塞詩－音樂」的生成關係。

結　語

　　本文對邊塞詩生成的探究，研究方法屬於藝術生成研究和藝術思維研究，在具體的研究過程中試圖將文學史研究和音樂史研究相結合。對於學界已經研究頗多的文學反映社會現實的結論有意避開。在探討《詩經》對邊塞詩的淵源影響問題中，否定主題關聯性的研究思路，並提出「經學闡釋所導致的文學接受障礙」這一觀點，認為孕育邊塞詩的主體生成環境並非來自《詩經》。

　　詩歌最初生成於音樂。這是本文探究邊塞詩生成的最初起點。在探討邊塞詩生成的過程中，本文主要考察古代中國魏晉至唐代音樂環境的變化對詩人詩歌創作的微觀影響，得出結論如下：

　　邊塞詩生成於樂府。這一過程從漢魏鼓吹樂曲、清商樂、相和樂曲時期就已經開始萌芽，在南朝樂府機構薈萃了鼓吹樂曲、相和三調、新清商樂以及梁鼓角橫吹曲之後，邊塞詩的多元音樂土壤正式形成，故而邊塞詩在南朝正式生成。

　　樂府對邊塞詩生成產生直接影響的音樂種類有二，分別是鼓吹樂曲（包括鼓吹、橫吹和梁鼓角橫吹曲）和清商樂（包括魏晉融入相和樂曲之中的清商樂和被《樂府詩集》錄為「清商曲辭」的南朝吳歌西曲）。邊塞詩中激昂鏗鏘一脈在鼓吹樂曲的音樂影響下生成；而邊塞詩中閨怨征怨一脈則更多受到清商樂的音樂影響。這以「凱樂體」和「閨怨體」邊塞詩為最典型的代表。唐代的音樂環境繼承了這兩種音樂文化遺產並有新的發展，邊聲

大曲和民間新曲均持續對邊塞詩的繁榮產生巨大影響。邊塞詩的生成方式實際上是音樂藝術的流行與文學歌辭的傳播相結合的方式。

　　異域樂器持續進入中國帶來了文人豐富的異域想像。以胡笳、胡角、羌笛、胡琴、琵琶為主，產生了南朝以來具有音樂審美心理學屬性的「邊聲」概念，直接牽引著文人的邊塞想像。唐代的聲詩更是綜合性地將音樂文學下邊塞詩的繁榮持續深入地影響到十世紀。唐代邊塞詩，正是在基於音樂藝術的土壤而結出的碩果。

　　社會生活的感知是文學藝術生成的源泉（之一）。在此之外，基於藝術感知的想像也是文學藝術的源泉（之一）。邊塞詩從生成到繁榮的過程，音樂文化一直主導著創作者的藝術感知和想像。邊塞詩的生成研究，在已有的社會生活這個源泉的成果之外，本文應該能夠起到另一方面的補充和貫通。

主要參考文獻

（以參考文獻在正文中出現的次序為序）

1. 范文瀾著，《中國通史》，人民出版社，1978 年版。

2. 王文進著，《南朝邊塞詩新論》，臺北：里仁書局，2000 年版。

3. 王文進著，《南朝山水與長城想像》，臺北·里仁書局，2008 年版。

4. 田曉菲著，《烽火與流星：蕭梁王朝的文學與文化》，北京：中華書局，2010 年版。

5. 《全唐詩》，北京：中華書局，1960 年版。

6. 《全唐詩補編·補全唐詩》，北京：中華書局，1992 年版。

7. 《舊唐書》，北京：中華書局，1975 年版。

8. 徐俊輯纂，《敦煌詩集殘卷輯考》，北京：中華書局，2000 年版。

9. 儲仲君箋注，《劉長卿詩編年箋注》，北京：中華書局，1996 年版。

10. 傅璇琮主編，《唐才子傳校箋》，北京：中華書局，1989 年版。

11. 蔣寅校注，《戴叔倫詩集校注》，上海古籍出版社，2010 年版。

12. 毛慶耆、郭小湄著，《中國文學通義》，嶽麓書社，2006 年版。

13. 《十三經注疏》，北京：中華書局影印本，1980 年版。

14. 李學勤主編，《十三經注疏》標點本，北京大學出版社，1999 年版。

15. 湛侯著，詩經學史，北京：中華書局，2002 年版。

16. 謝建忠著，《〈毛詩〉及其經學闡釋對唐詩的影響研究》，巴蜀書社，2007 年版。

17. 程俊英、蔣見元著，《詩經注析》，北京：中華書局，1991 年版。

18. 王先謙集疏，《詩三家義集疏》，北京：中華書局，1987 年版。

19. 王夫之著，《船山全書》，嶽麓書社，1996 年版。

20. 真德秀撰，朱人求點校，《大學衍義》，華東師範大學出版社，2010 年版。

21. 《漢書》，北京：中華書局，1962 年版。

22. 《後漢書》，北京：中華書局，1965 年版。

23. 《三輔黃圖校注》，三秦出版社，2006 年版。

24. 《宋書》，北京：中華書局，1974 年版。

25. 《通志》，北京：中華書局，1987 年版。

26. 《晉書》，北京：中華書局，1974 年版。

27. 《周書》，北京：中華書局點校本，1971 年版。

28. 《隋書》，北京：中華書局，1973 年版。

29. 《新唐書》，北京：中華書局點校本，1975 年版。

30. 郭茂倩編，《樂府詩集》，北京：中華書局點校本，1979 年版。

31. 徐陵編，《玉臺新詠箋注》，北京：中華書局，1985 年版。

32. 《文選》，上海古籍出版社點校本，1986 年版。

33. 《太平廣記》，北京：中華書局點校本，1961 年版。

34. 《文苑英華》，北京：中華書局影印本，1966 年版

35. 逯欽立輯，《先秦漢魏晉南北朝詩》，北京：中華書局，1983 年版。

36. 韋昭注，《國語集解》，北京：中華書局，2002 年版。

37. 仇兆鰲注，《杜詩詳注》，北京：中華書局，1979 年版。

38. 錢謙益注，《錢注杜詩》，上海古籍出版社，2009 年版。

39. 馬通伯校注，《韓昌黎文集校注》，上海古籍出版社，1986 年版。

40. 李學勤著，《新出青銅器研究》，文物出版社，1990 年版。

41. 顧炎武著，《日知錄》，嶽麓書社，2011 年版。

42. 傅斯年著，《傅斯年古典文學論著》，上海書店出版社，2011 年版。

43. 沈冬著，《唐代樂舞新論》，北京大學出版社，2004 年版。

44. 吳雲，冀宇校注，《唐太宗全集校注》，天津古籍出版社，2004 年版。

45. 傅璇琮主編，《唐五代文學編年史》，遼海出版社，1998 年版。

46. 韓寧著，《鼓吹橫吹曲辭研究》，北京大學出版社，2009 年版。

47. 楊蔭瀏著，《中國古代音樂史稿》，人民音樂出版社，1981 年版。

48. 北京：中華書局輯佚本，《東觀漢記校注》，2008 年版。

49. 許雲和著，《漢魏六朝文學考論》，上海古籍出版社，2006 年版。

50. 王運熙著，《樂府詩述論》（增補本），上海古籍出版社，2006 年版。

51. 趙敏俐著，《漢代樂府制度與歌詩研究》，商務印書館，2009 年版。

52. 孫尚勇著，《樂府文學文獻研究》，人民文學出版社，2007 年版。

53. 袁行霈主編，《中國文學史》，高等教育出版社，2003 年版。

54. （日）岸邊成雄著，《唐代音樂史的研究》，梁在平、黃志炯譯，臺灣北京：中華書局印行，1973 年版。

55. 蕭滌非著，蕭海川輯補，《漢魏六朝樂府文學史（增補本）》，人民文學出版社，1984 年版。

56. 謝建平著，《樂舞語話》，南京大學出版社，2009 年版。

57. 王光祈著，《中國音樂史》，北京：中華書局，民國 30 年版。

58. 劉再生編著，《中國音樂史簡明教程》，上海音樂學院出版社，2006 年版。

59. 王志清著，《晉宋樂府詩研究》，河北大學出版社，2007 年版。

60. 譚優學著，《唐詩人行年考》，四川人民出版社，1981 年版。

61. 劉開揚箋注，《高適詩集編年箋注》，北京：中華書局，1981 年版。

62. 吳相洲著，《唐詩十三論》，學苑出版社，2002 年版。

63. 沈括著，《夢溪筆談》，北京：中華書局，2009 年版（橫排本）。

64. 沈括著，《夢溪筆談全譯》，貴州人民出版社，1998 年版。

65. 吳承學著，《中國古代文體學研究》，人民出版社，2011 年版。

66. 陳良才等注，《李白詩三百首》，安徽文藝出版社，1994 年版。

67. 丁保福編，《歷代詩話續編》，北京：中華書局，1983 年版。

68. 倪璠注，《庾子山集注》，北京：中華書局，1980 年版。

69. 王琦注《李太白全集》，北京：中華書局，2011 年版（橫排本）。

70. 劉躍進，范子燁編，《六朝作家年譜輯要》，黑龍江教育出版社，1999 年版。

71. 王傳飛著，《相和歌辭研究》，北京大學出版社，2009 年版。

72. 馬積高，黃均編著，《中國古代文學史》，人民文學出版社，2009 年版。

73. 聶石樵編著，《魏晉南北朝文學史》，北京：中華書局，2007 年版。

74. 徐寶余著，《庾信研究》，學林出版社，2003 年版。

75. 周勳初校注，《韓非子校注》，江蘇人民出版社，1982 年版。

76. 趙敏俐主編，《中國詩歌與音樂關係研究》，學苑出版社，2005 年版。

77. 劉義慶原著，《世說新語彙校集注》，上海古籍出版社，2002 年版。

78. 陶弘景撰，趙益點校，《真誥》，北京：中華書局，2011 年版。

79. 黎翔鳳校注，《管子校注》，北京：中華書局新編諸子集成本，

2004 年版。

80. 錢鍾書著,《管錐編》,三聯出版社,2001 年版。

81. 西安音樂學院西北民族音樂研究中心編,羅藝峰主編,《漢唐音樂史首屆國際研討會論文集》,中央音樂學院出版社,2011 年版。

82. 木齋著,《古詩十九首與建安詩歌研究》,人民出版社,2009 年版。

83. (美)約翰‧邁爾斯‧弗里著,朝戈金譯,《口頭詩學:帕里－洛德理論》,社會科學文獻出版社,2000 年版。

84. (美)宇文所安著,胡秋蕾、王宇根、田曉菲譯,《中國早期古典詩歌的生成》,三聯書店,2012 年版。

85. 曾智安著,《清商曲辭研究》,北京大學出版社,2009 年版。

86. 任文京著,《唐代邊塞詩的文化闡釋》,人民出版社,2005 年版。

87. 任文京著,《中國古代邊塞詩史(先秦－唐)》,人民出版社,2010 年版。

88. 李壯鷹主編,《中華古文論釋林》,北京大學出版社,2011 年版。

89. 俞紹初輯校,《建安七子集》,北京:中華書局,1989 年版。

90. 俞紹初《王粲集》,北京:中華書局,1980 年版。

91. 鍾嶸著,《詩品注》,人民文學出版社,1961 年版。

92. 任半塘,《敦煌歌辭總編》,上海古籍出版社,1987 年版。

93. 饒宗頤著,《文轍:文學史論集》,臺灣學生書局印行,1991 年版。

94. 蘇軾著,《仇池筆記》;上海師範大學古籍整理研究所編,《全宋筆記》,大象出版社,2003 年版。

95. 葛曉音著,《先秦漢魏六朝詩歌體式研究》,北京大學出版社,2012 年版。

96. 河北師範學院中文系古典文學教研組編,《三曹資料彙編》,北京:中華書局,1980 年版。

97. 魏慶之編著，《詩人玉屑》，北京：中華書局，2007 年版。

98. 趙敏俐主編，《中國詩歌與音樂關係研究》，學苑出版社，2005 年版。

99. 王琦等注，《三家評注李長吉歌詩》，上海古籍出版社，1998 年版。

100. （日）林謙三著，《東亞樂器考》，音樂出版社，1962 年版。

101. 任半塘著，《唐聲詩》，上海古籍出版社，1982 年版。

102. 洪邁著，《容齋隨筆》，北京：中華書局點校本，2005 年版。

103. 吳相洲著，《唐詩創作與歌詩傳唱關係研究》，北京大學出版社，2004 年版。

104. 王次炤著，《音樂美學新論》，中央音樂學院出版社，2003 年版。

105. 王小盾著，《隋唐音樂及其周邊》，上海音樂學院出版社，2012 年版。

附　錄

附錄一：王文進《南朝邊塞詩新論》所收南朝邊塞詩一覽表

朝代	作 者	作 品
宋	王微	雜詩二首
	顏延之	從軍行
	吳邁遠	櫂歌行、胡笳曲、長相思
	鮑照	代出自薊北門行、代陳思王白馬篇、王昭君、擬行路難之十四、擬古八首之三、擬古八首之七、建除詩
	袁淑	白馬篇
齊	孔稚圭	白馬篇
	謝朓	從戎曲
	謝寶月	行路難
梁	蕭衍	古意二首之一
	范雲	效古詩
	江淹	古意報袁功曹詩、從蕭驃騎新亭、征怨詩
	虞羲	詠霍將軍北伐詩
	沈約	從軍行、飲馬長城窟行、白馬篇、昭君辭
	劉峻	出塞
	王僧孺	白馬篇、春怨詩
	劉邈	秋閨詩

	徐悱	白馬篇、古意酬到長史溉登琅琊城詩
	柳惲	贈吳均詩三首之一
	王訓	度關山
	吳均	採蓮曲、戰城南兩首、入關、從軍行、渡易水、邊城將詩四首、和蕭洗馬子顯古意詩六首之一、六首之六、閨怨詩、古意詩二首之一、
	蕭子顯	從軍行
	劉孝綽	奉和湘東王應令詩二首之一・冬曉
	劉孝威	隴頭水、驄馬驅、思婦引、妾薄命篇、結客少年場行、侍宴賦得沙籠宵月明詩、奉和湘東王應令詩二首之一・春宵、之二・冬曉
	褚翔	雁門太守行
	武陵王紀	閨妾寄征人
	吳孜	閨怨詩
	劉孝儀	從軍詩
	蕭綱	上之回、從軍行二首、隴西行三首、雁門太守行三首、明君辭、秋閨夜思詩
	庾肩吾	隴西行、登城北望詩、奉和湘東王應令詩二首之一・春宵、之二・冬曉
	蕭繹	隴頭水、關山月、驄馬驅、燕歌行、和王僧辯從軍詩、將軍明詩、賦得隴坻雁初飛、倡婦怨情詩十二韻、寒閨詩
	江洪	胡笳曲
	戴嵩	從軍行、度關山
	王褒	關山篇、從軍行三首、飲馬長城窟行、出塞、入塞、關山月、燕歌行、奉和趙王五韻詩、渡河北詩
	庾信	昭君辭應詔、出自薊北門行、燕歌行、奉報寄洛州詩謹贈司寇淮南公詩、奉報趙王出師在道賜詩、和趙王送峽中軍詩、同盧紀室從軍詩、擬詠懷詩二十七首（七、九、十、二十、二十六）、將命使北始渡瓜步江詩、冬狩行四韻聯句應詔詩、詠畫屏風詩二十五首（十一、十九）
陳	陳後主	隴頭、隴頭水二首、關山月二首、飲馬長城窟行、長相思二首之一、雨雪曲
	顧野王	有所思

陳蔡君	君馬黃
張正見	有所思、度關山、從軍行、戰城南、君馬黃二首、隴頭水二首、關山月、君馬黃、紫騮馬、雨雪曲、飲馬長城窟行、明君詞、遊龍首城詩、星名從軍詩
徐陵	驄馬驅、出自薊北門行、隴頭水二首、關山月二首、長相思二首之二
陸瓊	關山月
陳昭	明君詞
獨孤嗣宗	紫騮馬
陳暄	紫騮馬、雨雪曲
祖孫登	紫騮馬、賦得紫騮馬詩
謝燮	隴頭水、雨雪曲
阮卓	關山月
江總	隴頭水二首、關山月、紫騮馬、驄馬驅、雨雪曲、閨怨篇
蕭淳	長相思
賀力牧	關山月

見《南朝邊塞詩新論》第一章《導論》，第7～11頁。

附錄二：《全唐詩》標題含「古」、「古意」詩歌分析表

　　此據《全唐詩》數據庫索引，剔除重出詩作，並且不包含標題為「古風」的作品（共計有：李白《古風》五十九首、韓愈《古風》一首、李紳《古風二首》、李咸用《覽友生古風》一首、齊己《謝貫微上人寄示古風今體四軸》一首）；並且剔除與樂府詩無關且明顯以詠史懷古為題材的作品，如劉禹錫《西塞山懷古》。

卷數	頁碼	詩　　題	作　者	備　　註
26	351	雜曲歌辭‧古別離	沈佺期	漢魏古意
26	351	雜曲歌辭‧古別離	孟雲卿	漢魏古意
26	351	雜曲歌辭‧古別離	李益	七言，比興
26	352	雜曲歌辭‧古別離二首	于濆	其一漢魏其二閨怨
26	352	雜曲歌辭‧古別離二首	李端	漢魏古意
26	352	雜曲歌辭‧古別離	王縉	五律
26	352	雜曲歌辭‧古別離	皎然	前古體後騷體
26	353	雜曲歌辭‧古別離	聶夷中	五絕
26	353	雜曲歌辭‧古別離二首	施肩吾	閨怨
26	353	雜曲歌辭‧古別離	吳融	七言
26	353	雜曲歌辭‧古離別	王適	雜言

26	354	雜曲歌辭・古離別	常理	宮體閨怨
26	354	雜曲歌辭・古離別	姚系	宮體古意
26	354	雜曲歌辭・古離別	張彪	漢魏古意
26	354	雜曲歌辭・古離別	趙微明	五言
26	354	雜曲歌辭・古離別二首	孟郊	五言
26	355	雜曲歌辭・古離別	顧況	雜言
26	355	雜曲歌辭・古離別	貫休	五言
26	355	雜曲歌辭・古離別	韋莊	七絕
26	373	雜曲歌辭・古曲五首	施肩吾	吳歌西曲古意
29	424	雜歌謠辭・古歌	沈佺期	宮體閨怨
29	424	雜歌謠辭・古歌	薛維翰	宮體美人
36	470	從軍行二首（一作擬古）	虞世南	五言邊塞古體
37	477	古意六首	王績	全篇比興體
37	480	薛記室收過莊見尋率題古意以贈	王績	漢魏古意
41	518	長安古意	盧照鄰	**橫吹轉宮體古意**
51	623	春湖古意	宋之問	宮體
57	689	擬古東飛伯勞西飛燕（一本題作東飛伯勞歌）	李嶠	宮體
68	764	擬古	崔融	**擬飲馬長城窟行古意**
76	820	擬古三首	徐彥伯	宮體閨怨古意
76	820	贈劉舍人古意	徐彥伯	比興寄託
77	832	詠懷古意上裴侍郎	駱賓王	詠史懷古
81	874	擬古贈陳子昂	喬知之	多漢魏古意
81	876	和李侍郎古意（一作古意和李侍郎嶠）	喬知之	宮體閨怨（征人）古意
84	916	古意題徐令壁	陳子昂	絕句，比興
94	1013	古意	吳少微	宮體
95	1026	鳳簫曲（一作古意）	沈佺期	音樂想像，游仙古意
96	1043	古意呈補闕喬知之（一作古意，又作獨不見）	沈佺期	宮體閨怨（征人）古意

113	1150	古意贈孫翃	徐仁友	琴曲音樂想像
119	1199	古意	崔國輔	宮體
119	1202	古意二首	崔國輔	宮體
119	1202	長樂少年行（一作古意）	崔國輔	少年行古意
119	1204	古意	崔國輔	宮體
130	1321	古遊俠呈軍中諸將（一作遊俠篇）	崔顥	遊俠與《白馬篇》古意
130	1327	王家少婦（一作古意）	崔顥	宮體
131	1331	古意二首	祖詠	宮體
132	1338	古塞下曲	李頎	塞下曲古意
133	1348	古從軍行	李頎	從軍行古意
133	1355	古意	李頎	遊俠、邊塞古意
136	1380	效古二首	儲光羲	苦哉遠征人古意，託古意寫現實
140	1422	古意	王昌齡	宮體
144	1456	古意	常建	比興體（古風）
144	1458	古興	常建	比興體（古風）
144	1459	古意三首	常建	比興體（古風）
144	1461	古意	常建	求仙
144	1461	古興	常建	宮體
144	1461	張公子行（一作古意）	常建	邊塞古意
146	1473	古塞下曲〔註1〕	陶翰	塞下曲古意，託古意喻身世之感
155	1599	古意	崔曙	宮體閨怨
158	1612	古意二首	賀蘭進明	其一詠史懷古；其二比興古風
165	1708	擬古	李白	遊子思婦古意
167	1728	古意	李白	閨情古意
183	1861	效古二首	李白	擬魏晉詩（古風）
183	1861	擬古十二首	李白	多漢魏古意

〔註 1〕《全唐詩》卷二五九，第 2891 頁，王季友《古塞曲》與之重出。

184	1882	學古思邊	李白	隴頭水古意
186	1895	擬古詩十二首	韋應物	漢魏古意
202	2109	擬古	薛奇童	比興（古風）
202	2110	吳聲子夜歌（一作崔國輔詩，題云古意）	薛奇童	宮體
203	2121	古意	閭寬	閨情古意
206	2145	古興	李嘉祐	宮體（宮人怨）
211	2190	效古贈崔二	高適	比興寄託
211	2194	酬馬八效古見贈	高適	尾句有仙意
213	2217	古大梁行	高適	詠史懷古
213	2218	古歌行	高適	託古寓意
219	2312	述古三首	杜甫	前二比興；其三詠史
236	2605	效古秋夜長	錢起	閨情閨怨
253	2852	古興	薛據	比興寄託（古風）
253	2854	古興	薛據	比興寄託（古風）
255	2864	古意	畢耀	宮體
258	2882	古意	蔣冽	宮體
259	2888	古歌	沈千運	絕句，詠北邙
264	2932	擬古三首（第一首一作長安古意）	顧況	比興（古風）
269	3003	古意	耿湋	閨情閨怨
270	3011	古意	戎昱	閨情棄妾
273	3066	古意	戴叔倫	擬陶體
274	3102	古意寄呈王侍郎	戴叔倫	借宮體比興
278	3154	古豔詩	盧綸	宮體
283	3227	古瑟怨	李益	音樂想像
295	3353	古詞	衛象	**邊塞古意**
297	3363	古從軍	王建	**邊塞古意**
298	3381	古宮怨	王建	宮人怨古意
298	3383	古謠	王建	比興（古風）
304	3451	古意	劉商	宮體

310	3507	古詞三首	于鵠	宮體
310	3509	古輓歌	于鵠	擬輓歌
316	3544	古意	武元衡	遊子思婦古意
320	3606	古興	權德輿	託古比興
324	3644	古離別（一作古別離）	權德輿	漢魏古意
328	3670	古意	權德輿	漢魏古意
328	3671	古樂府	權德輿	宮體
333	3725	古意贈王常侍	楊巨源	借宮體比興
338	3789	古意	韓愈	古風
348	3888	古意	陳羽	宮體，歎色衰
351	3930	古東門行	柳宗元	借古樂府詠盜殺武元衡事
371	4174	古興	呂溫	比興
372	4178	古薄命妾	孟郊	閨怨棄婦
372	4185	古意	孟郊	閨怨棄婦
373	4187	古意	孟郊	閨怨奪婦
373	4188	古怨別	孟郊	漢魏古意
373	4188	古別曲	孟郊	漢魏古意
373	4195	古興	孟郊	古風，詠卞和
377	4233	古意贈梁肅補闕	孟郊	比興寄託
391	4403	古悠悠行	李賀	漢魏古意
392	4420	古鄴城童子謠，效王粲刺曹操	李賀	漢歌謠
395	4447	古怨	劉叉	比興
452	5112	古意	白居易	宮體
469	5335	古宮怨	長孫佐輔	宮體
469	5338	古意	張碧	宮人怨
485	5502	古意	鮑溶	宮體閨怨
486	5520	古意	鮑溶	閨情，懷征人
494	5585	效古興	施肩吾	閨情，征衣
494	5587	雜古詞五首	施肩吾	吳歌西曲古意

494	5590	古相思	施肩吾	閨情，五絕
494	5591	效古詞	施肩吾	吳歌西曲
494	5593	效古詞	施肩吾	吳歌西曲
570	6606	古詞	李群玉	吳歌西曲
571	6618	古意	賈島	碌碌曲古意
576	6704	碌碌古詞	溫庭筠	碌碌曲古意
577	6712	古意	溫庭筠	碌碌曲古意，閨情
585	6779	古出塞	劉駕	**邊塞古意**
585	6780	效古	劉駕	宮體棄婦古意
585	6786	古意	劉駕	吳歌西曲古意
588	6827	古意	李頻	宮體，五律
592	6865	古相送	曹鄴	漢魏古意
593	6878	古詞	曹鄴	吳歌西曲，宮體
593	6879	古莫買妾行	曹鄴	吳歌西曲，五絕
596	6899	古思	司馬扎	宮體閨怨
596	6900	古邊卒思歸	司馬扎	**邊塞古意**
599	6926	古宴曲	于濆	古風
599	6829	古征戰	于濆	借古樂府諷南征事
599	6930	擬古諷	于濆	古風，歎不遇
599	6932	擬古意	于濆	宮體
605	6994	古樂府	邵謁	宮體，歎色衰
615	7074	古宮詞三首	皮日休	宮詞
627	7199	古意	陸龜蒙	宮體，怨歡情淺
629	7222	古別離	陸龜蒙	宮體，怨歡情淺
632	7357	古樂府	司空圖	宮體，傷別離
636	7297	古興	聶夷中	比興諷喻
644	7387	古意論交	李咸用	比興議論
690	7918	古意	王駕	**閨情、邊塞古意**
694	7989	古意二首（擬陳拾遺）	孫郃	詠古（陳子昂體）
701	8058	古悔從軍行	王貞白	**邊塞古意**

718	8250	古塞下	蘇拯	邊塞古意
731	8366	古別	胡宿	寫普遍情志,七律
746	8467	續古二十九首	陳陶	古絕,樂府,包含漢魏、相和、邊塞、宮體
746	8487	古意	陳陶	宮體(七絕)
771	8751	古意	戴休珽	邊塞橫吹古意
773	8768	擬古東飛伯勞歌	李暇	宮體
774	8775	古意	徐振	七絕,招隱
777	8797	古意	邢象玉	擬晉詩,「嗜酒陶彭澤,能琴阮步兵」
777	8799	古興二首	沈徽	詠史懷古
799	8984	古興	趙氏	遊子思婦古意
799	8985	古意	張大人	比興諷喻
799	8989	古意	薛媛	宮體
801	9010	古意	崔萱	宮體
801	9015	古意曲	劉瑤	宮體,七絕
820	9246	效古(天寶十四年)	皎然	比興諷喻
820	9247	效古	皎然	邊塞、閨情古意
823	9283	效古	澹交	擬碌碌曲,「榮辱又榮辱」
826	9307	古意九首	貫休	美人比興雜詠懷古求仙
826	9311	古鏡詞上劉侍郎	貫休	借宮體比興
827	9313	古鏡詞	貫休	宮體兼詠物比興
827	9314	古意代友人投所知	貫休	借漢魏古意比興
827	9321	古塞下曲四首	貫休	邊塞橫吹古意
830	9362	古塞曲三首	貫休	邊塞橫吹古意
830	9363	古塞下曲七首	貫休	邊塞橫吹古意
830	9364	古塞上曲七首	貫休	邊塞橫吹古意
830	9365	古出塞曲三首	貫休	邊塞橫吹古意
882	9968	邙山古意	薛曜	古風,求仙

參考本文第三章第一節《「古意」與邊塞詩》

附錄三：《全唐詩》詩題含「怨」的作品總表

序號	卷數	篇　名	作　者
1	5	長門怨	徐賢妃
2	5	彩書怨	上官昭容
3	19	相和歌辭・楚妃怨	張籍
4	19	相和歌辭・雀臺怨	馬戴
5	19	相和歌辭・雀臺怨	程氏長文
6	20	相和歌辭・怨詩二首	薛奇童
7	20	相和歌辭・怨詩	張汯
8	20	相和歌辭・怨詩	劉元濟
9	20	相和歌辭・怨詩三首	李暇
10	20	相和歌辭・怨詩二首	崔國輔
11	20	相和歌辭・怨詩	孟郊
12	20	相和歌辭・怨詩	劉義
13	20	相和歌辭・怨詩	鮑溶
14	20	相和歌辭・怨詩	白居易
15	20	相和歌辭・怨詩二首	姚氏月華
16	20	相和歌辭・怨歌行	虞世南
17	20	相和歌辭・怨歌行	李白

18	20	相和歌辭・怨歌行	吳少微
19	20	相和歌辭・長門怨	徐賢妃
20	20	相和歌辭・長門怨	沈佺期
21	20	相和歌辭・長門怨	吳少微
22	20	相和歌辭・長門怨	張修之
23	20	相和歌辭・長門怨	裴交泰
24	20	相和歌辭・長門怨	劉阜
25	20	相和歌辭・長門怨	袁暉
26	20	相和歌辭・長門怨	劉言史
27	20	相和歌辭・長門怨二首	李白
28	20	相和歌辭・長門怨	李華
29	20	相和歌辭・長門怨	岑參
30	20	相和歌辭・長門怨	齊浣
31	20	相和歌辭・長門怨	劉長卿
32	20	相和歌辭・長門怨	皎然
33	20	相和歌辭・長門怨	盧綸
34	20	相和歌辭・長門怨	戴叔倫
35	20	相和歌辭・長門怨	劉駕
36	20	相和歌辭・長門怨二首	高蟾
37	20	相和歌辭・長門怨	張祜
38	20	相和歌辭・長門怨二首	鄭谷
39	20	相和歌辭・長門怨二首	劉氏媛
40	20	相和歌辭・阿嬌怨	劉禹錫
41	20	相和歌辭・婕妤怨	崔湜
42	20	相和歌辭・婕妤怨	崔國輔
43	20	相和歌辭・婕妤怨	張烜
44	20	相和歌辭・婕妤怨	劉方平
45	20	相和歌辭・婕妤怨	王沈
46	20	相和歌辭・婕妤怨	皇甫冉
47	20	相和歌辭・婕妤怨	陸龜蒙

48	20	相和歌辭·婕妤怨	翁綬
49	20	相和歌辭·婕妤怨	劉氏雲
50	20	相和歌辭·長信怨	王諲
51	20	相和歌辭·長信怨	王昌齡
52	20	相和歌辭·長信怨	李白
53	20	相和歌辭·蛾眉怨	王翰
54	20	相和歌辭·玉階怨	李白
55	20	相和歌辭·宮怨	長孫佐輔
56	20	相和歌辭·宮怨	李益
57	20	相和歌辭·宮怨	于濆
58	20	相和歌辭·宮怨	柯崇
59	20	相和歌辭·雜怨三首	聶夷中
60	20	相和歌辭·雜怨三首	孟郊
61	23	琴曲歌辭·湘妃怨	孟郊
62	23	琴曲歌辭·湘妃怨	陳羽
63	23	琴曲歌辭·昭君怨	白居易
64	23	琴曲歌辭·昭君怨二首	張祜
65	23	琴曲歌辭·昭君怨	梁氏瓊
66	23	琴曲歌辭·明妃怨	楊凌
67	28	雜曲歌辭·閨怨詞	白居易
68	36	怨歌行	虞世南
69	39	昭君怨	張文琮
70	42	昭君怨	盧照鄰
71	54	婕妤怨	崔湜
72	63	昭君怨二首（前首一作董初詩）	董思恭
73	63	怨情	劉允濟
74	76	孤燭歎（一作閨怨）	徐彥伯
75	76	閨怨	徐彥伯
76	78	王昭君（一作昭君怨）	駱賓王
77	81	長門怨	喬備

78	89	三月閨怨	張說
79	94	長門怨	吳少微
80	94	怨歌行	吳少微
81	94	長門怨	齊浣
82	94	長門怨（一作劉皂詩）	齊浣
83	96	長門怨	沈佺期
84	99	長門怨（一作張修之詩）	張循之
85	100	別離怨	鄭遂初
86	100	昭君怨三首	東方虯
87	100	閨怨（《搜玉集》作張炫詩）	張紘
88	106	春怨	鄭愔
89	108	綠墀怨	李元紘
90	108	相思怨	李元紘
91	111	陽春怨	許景先
92	111	長門怨	袁暉
93	114	閨怨二首	沈如筠
94	119	怨詞二首	崔國輔
95	119	長信草（一作長信宮，一作婕妤怨）	崔國輔
96	120	孤寢怨	崔珪
97	124	昭君怨	顧朝陽
98	130	邯鄲宮人怨	崔顥
99	130	長門怨	崔顥
100	131	別怨	祖詠
101	143	西宮春怨	王昌齡
102	143	西宮秋怨	王昌齡
103	143	青樓怨	王昌齡
104	143	閨怨	王昌齡
105	143	春怨	王昌齡
106	145	春怨	崔亙
107	145	春女怨	蔣維翰

108	145	怨歌	蔣維翰
109	145	後庭怨	王諲
110	145	長信怨	王諲
111	148	長門怨	劉長卿
112	153	長門怨	李華
113	156	古蛾眉怨	王翰
114	160	春意（一題作春怨）	孟浩然
115	164	怨歌行（長安見內人出嫁，友人令余代為之）	李白
116	164	玉階怨	李白
117	184	長信宮（一作長信怨）	李白
118	184	長門怨二首	李白
119	184	春怨	李白
120	184	怨情	李白
121	184	怨情	李白
122	184	思邊（一作春怨）	李白
123	200	長門怨	岑參
124	202	長門怨	梁鍠
125	235	長門怨	賈至
126	239	長信怨	錢起
127	240	系樂府十二首・農臣怨	元結
128	249	秋怨	皇甫冉
129	249	婕妤春怨	皇甫冉
130	249	婕妤怨	皇甫冉
131	250	怨回紇歌二首	皇甫冉
132	251	班婕妤（一作婕妤怨）	劉方平
133	251	擬娼樓節怨	劉方平
134	251	春怨	劉方平
135	251	代春怨	劉方平
136	257	秋怨	柳中庸
137	257	征怨	柳中庸

138	262	玉階怨	鄭錫
139	269	長門怨	耿湋
140	273	去婦怨	戴叔倫
141	273	長門怨	戴叔倫
142	274	閨怨	戴叔倫
143	274	春怨	戴叔倫
144	277	長門怨	盧綸
145	283	宮怨	李益
146	283	古瑟怨	李益
147	286	長門怨（一作長信宮）	李端
148	289	雨中怨秋	楊憑
149	290	春怨	楊凝
150	291	明妃怨	楊凌
151	293	梁城老人怨（一作陳羽詩）	司空曙
152	298	失釵怨	王建
153	298	古宮怨	王建
154	304	怨婦	劉商
155	304	綠珠怨	劉商
156	328	渡江秋怨二首	權德輿
157	333	美人春怨	楊巨源
158	348	湘妃怨	陳羽
159	348	梁城老人怨（一作司空曙詩）	陳羽
160	348	湘君祠（一作湘妃怨）	陳羽
161	365	阿嬌怨	劉禹錫
162	365	代靖安佳人怨二首	劉禹錫
163	369	怨回紇歌	皇甫松
164	372	雜怨（一作古樂府雜怨）	孟郊
165	372	怨詩（一作古怨）	孟郊
166	372	湘弦怨	孟郊
167	372	楚竹吟酬盧虔端公見和湘弦怨	孟郊

168	372	湘妃怨（一作湘靈祠）	孟郊
169	372	楚怨	孟郊
170	372	征婦怨	孟郊
171	372	閒怨（一作閨怨）	孟郊
172	373	古怨別	孟郊
173	373	怨別	孟郊
174	373	獨愁（一作獨怨，一作贈韓愈）	孟郊
175	382	征婦怨	張籍
176	382	吳宮怨	張籍
177	382	楚妃怨	張籍
178	382	離宮怨	張籍
179	383	雜怨	張籍
180	387	卓女怨	盧仝
181	387	感秋別怨	盧仝
182	395	古怨	劉叉
183	426	上陽白髮人—愍怨曠也	白居易
184	439	昭君怨	白居易
185	441	閨怨詞三首	白居易
186	442	怨詞	白居易
187	442	空閨怨	白居易
188	442	聽彈湘妃怨	白居易
189	465	長門怨	楊衡
190	468	放螢怨	劉言史
191	468	長門怨	劉言史
192	469	古宮怨	長孫佐輔
193	472	長門怨三首	劉皂
194	472	長門怨	裴交泰
195	483	長門怨	李紳
196	485	秋夜聞鄭山人彈楚妃怨	鮑溶
197	492	春怨	殷堯藩

198	493	湘中怨	沈亞之
199	494	代征婦怨	施肩吾
200	494	江南怨	施肩吾
201	494	昭君怨	施肩吾
202	505	解昭君怨	王睿
203	508	婕妤怨	陳標
204	508	臨邛怨	李余
205	511	昭君怨二首	張祜
206	511	長門怨	張祜
207	518	貧居春怨	雍陶
208	518	美人春風怨	雍陶
209	538	陳宮怨二首	許渾
210	538	楚宮怨二首	許渾
211	541	清夜怨	李商隱
212	545	長門怨	劉得仁
213	545	賈婦怨	劉得仁
214	555	雀臺怨	馬戴
215	563	長門怨	劉皂
216	568	秋怨	李群玉
217	579	瑤瑟怨	溫庭筠
218	585	長門怨（一作張喬詩）	劉駕
219	586	洛神怨	劉滄
220	587	春閨怨	李頻
221	592	四怨三愁五情詩十二首・一怨	曹鄴
222	592	四怨三愁五情詩十二首・二怨	曹鄴
223	592	四怨三愁五情詩十二首・三怨	曹鄴
224	592	四怨三愁五情詩十二首・四怨	曹鄴
225	592	四怨三愁五情詩十二首・一愁	曹鄴
226	592	四怨三愁五情詩十二首・二愁	曹鄴
227	592	四怨三愁五情詩十二首・三愁	曹鄴

228	592	四怨三愁五情詩十二首・一情	曹鄴
229	592	四怨三愁五情詩十二首・二情	曹鄴
230	592	四怨三愁五情詩十二首・三情	曹鄴
231	592	四怨三愁五情詩十二首・四情	曹鄴
232	592	四怨三愁五情詩十二首・五情	曹鄴
233	593	金井怨	曹鄴
234	593	怨歌行	曹鄴
235	593	南征怨	曹鄴
236	596	鋤草怨	司馬扎
237	596	宮怨	司馬扎
238	598	閨怨	高駢
239	599	宮怨	于濆
240	600	婕妤怨	翁綬
241	608	正樂府十篇・卒妻怨	皮日休
242	608	正樂府十篇・貪官怨	皮日休
243	616	奉和魯望齊梁怨別次韻	皮日休
244	619	婕妤怨	陸龜蒙
245	627	洞房怨	陸龜蒙
246	627	樂府雜詠六首・孤燭怨	陸龜蒙
247	629	閨怨	陸龜蒙
248	630	齊梁怨別	陸龜蒙
249	636	雜怨（一作孟郊詩，題云征婦怨）	聶夷中
250	636	雜怨	聶夷中
251	639	長門怨	張喬
252	644	輕薄怨	李咸用
253	644	婕妤怨	李咸用
254	654	秋怨	羅鄴
255	668	長門怨	高蟾
256	668	長信宮二首（後首一作長門怨）	高蟾
257	673	春宮怨（一作杜荀鶴詩）	周樸

258	677	長門怨二首	鄭谷
259	683	閨怨	韓偓
260	688	和李秀才邊庭四時怨	盧汝弼
261	691	春宮怨（一作周樸詩）	杜荀鶴
262	693	春閨怨	杜荀鶴
263	695	宮怨	韋莊
264	700	閨怨	韋莊
265	701	湘妃怨	王貞白
266	701	長門怨二首	王貞白
267	704	閨怨	黃滔
268	705	閨怨	黃滔
269	714	長門怨	崔道融
270	714	長門怨	崔道融
271	715	宮怨二首	柯崇
272	727	宮怨	任翻
273	732	憤怨詩	王巨仁
274	766	征婦怨	劉兼
275	766	春怨	劉兼
276	768	春怨（一作伊州歌）	金昌緒
277	769	婕妤怨	張烜
278	769	長門怨（一作張循之詩）	張修之
279	769	玉階怨	鄭鏦
280	769	婕妤怨	鄭鏦
281	769	鳳棲怨	顏舒
282	769	春女怨	朱絳
283	769	開緘怨	朱琳
284	770	昭君怨（一作董思恭詩）	董初
285	773	夏日閨怨	蔡瑰
286	773	虞姬怨	馮待徵
287	773	越谿怨	冷朝光
288	773	吳宮怨	衛萬

289	773	婕妤怨	王沈
290	773	怨詩三首	李暇
291	776	明妃怨	楊達
292	783	湘中怨諷	鄭僕射
293	799	銅雀臺怨	程長文
294	799	春閨怨	程長文
295	800	怨詩效徐淑體	姚月華
296	800	怨詩寄楊達	姚月華
297	800	楚妃怨	姚月華
298	801	昭君怨	梁瓊
299	801	婕妤怨	劉雲
300	801	長門怨	劉媛
301	804	閨怨	魚玄機
302	804	秋怨	魚玄機
303	805	相思怨	李冶
304	805	春閨怨	李冶
305	820	昭君怨	皎然
306	820	長門怨	皎然
307	864	霅溪夜宴詩（命曹娥唱怨江波三疊）	水神
308	885	春宮怨	杜荀鶴
309	890	謫仙怨（集作律詩，題云苕溪酬梁耿別後見寄）	劉長卿
310	890	廣謫仙怨	竇弘餘
311	890	廣謫仙怨	康騈
312	891	蕃女怨	溫庭筠
313	891	遐方怨	溫庭筠
314	891	怨回紇	皇甫松
315	892	怨王孫（與河傳、月照梨花二詞同調）	韋莊
316	892	望江怨	牛嶠
317	894	遐方怨	顧敻
318	897	遐方怨	孫光憲

參考本文第三章第二節《「閨怨體」邊塞詩的生成與發展》

附錄四：大陸學界邊塞詩研究 主要論文

博士學位論文

1. 閻福玲，《漢唐邊塞詩主題研究》〔D〕，南京師範大學，2004 年。
2. 任文京，《唐代邊塞詩的文化闡釋》〔D〕，河北大學，2004 年。
3. 佘正松，《中國邊塞詩史論》(先秦至隋唐)〔D〕，四川大學，2005 年。
4. 隋秀玲，《李頎研究》〔D〕，河北大學，2006 年。
5. 趙林濤，《盧綸研究》〔D〕，河北大學，2007 年。
6. 姜亞林，《《詩經》戰爭詩研究》〔D〕，首都師範大學，2007 年。
7. 應曉琴，《唐代邊塞詩綜論》〔D〕，華東師範大學，2007 年。
8. 王福棟，《論唐代戰爭詩》〔D〕，中央民族大學，2010 年。
9. 于海峰，《漢魏晉南北朝邊塞樂府詩研究》〔D〕，北京大學，2012 年。
10. 彭飛，《隋唐東北邊塞詩研究》〔D〕，吉林大學，2012 年。

碩士學位論文

1. 張平，《論盛唐詩人李頎》〔D〕，首都師範大學，2002 年。

2. 鄒曉霞，《南北朝邊塞詩的審美形成論》〔D〕，遼寧師範大學，
   2002 年。

3. 薛雋雯，《唐代各族和平交往邊塞詩研究》〔D〕，上海師範大學，
   2003 年。

4. 王英，《南朝邊塞樂府詩研究》〔D〕，南京師範大學，2004 年。

5. 李聰亮，《李頎和他的詩歌》〔D〕，西北師範大學，2004 年。

6. 李厚瓊，《岑參研究》〔D〕，四川師範大學，2004 年。

7. 索祖翠，《王昌齡的詩論及其創作實踐》〔D〕，福建師範大學，
   2005 年。

8. 汪愛武，《試論邊塞詩在初唐的發展》〔D〕，安徽大學，2005 年。

9. 趙謹，《論李益對盛唐邊塞詩的接受》〔D〕，寧夏大學，2005 年。

10. 卓若望，《中晚唐樂府題邊塞詩研究》〔D〕，廣西師範大學，2005
    年。

11. 王松濤，《胡樂胡舞與唐詩》〔D〕，西北師範大學，2005 年。

12. 關永利，《唐前邊塞詩研究》〔D〕，陝西師範大學，2005 年。

13. 朱安女，《《南詔德化碑》和唐代天寶戰爭詩研究》〔D〕，西南師
    範大學，2005 年。

14. 劉楊，《詩經戰爭徭役詩研究》〔D〕，中央民族大學，2006 年。

15. 隋秀玲，《李頎研究》〔D〕，河北大學，2006 年。

16. 梁華傑，《李頎詩歌研究》〔D〕，鄭州大學，2006 年。

17. 於兆鋒，《傾心於西部的邊塞詩人》〔D〕，蘭州大學，2006 年。

18. 尉瑞鋒，《兼籠前美，作范後來──魏晉南北朝軍旅邊塞詩》
    〔D〕，內蒙古大學，2006 年。

19. 楊冬梅，《論唐代西域樂舞詩的文學審美價值》〔D〕，東北師範大
    學，2007 年。

20. 陳娟，《王昌齡詩歌研究》〔D〕，內蒙古大學，2007 年。

21. 毛詠雪，《李白邊塞詩論析》〔D〕，內蒙古大學，2007 年。

22. 崔玉梅，《盛唐邊塞詩中的戰爭與和平主題研究》〔D〕，中央民族大學，2007 年。

23. 趙岩，《論中唐樂府題邊塞詩》〔D〕，中央民族大學，2007 年。

24. 韓美霞，《王昌齡及其詩歌論稿》〔D〕，吉林大學，2007 年。

25. 張巍，《李益邊塞詩歌論稿》〔D〕，吉林大學，2007 年。

26. 王田田，《唐人和親詩研究》〔D〕，南京師範大學，2007 年。

27. 于海峰，《南北朝邊塞詩研究》〔D〕，山東大學，2007 年。

28. 吳芙蓉，《王昌齡詩歌研究》〔D〕，華中師範大學，2007 年。

29. 王軼，《《詩經》戰爭詩研究》〔D〕，安徽師範大學，2007 年。

30. 王光睿，《《詩經》戰爭詩研究》〔D〕，蘭州大學，2007 年。

31. 高學德，《隋代戰爭詩研究》〔D〕，蘭州大學，2007 年。

32. 李傳偉，《論岑參的邊塞詩》〔D〕，山東大學，2008 年。

33. 牛菲，《兩宋邊塞詞產生機制初探》〔D〕，吉林大學，2008 年。

34. 張海蘊，《論高適詩歌中的憂患意識》〔D〕，西南大學，2009 年。

35. 吳彤英，《宋代樂府題邊塞詩研究》〔D〕，河北師範大學，2009 年。

36. 郭雲星，《笳與中古詩歌》〔D〕，河北師範大學，2010 年。

37. 盧紅軍，《唐宋邊塞詩詞的比較研究》〔D〕，西北大學，2010 年。

38. 任南玲，《李益詩歌意象意蘊研究》〔D〕，新疆師範大學，2010 年。

39. 劉偉，《唐代長城詩研究》，內蒙古大學，2010 年。

40. 成曙霞，《唐前軍旅詩發展史》〔D〕，山東大學，2010 年。

41. 馬立克，《初唐邊戰與邊塞詩》〔D〕，西北師範大學，2010 年。

42. 晁輝，《《詩經》戰爭詩研究》〔D〕，雲南大學，2011 年。

43. 張在存，《三國軍旅詩賦研究》〔D〕，山東師範大學，2011 年。

44. 賈雪彥，《魏晉南北朝邊塞詩研究》〔D〕，河北大學，2011 年。

45. 何一帆，《論蕭綱蕭繹的樂府詩與文人詩》〔D〕，上海師範大學，2011 年。

46. 馮文娜，《〈隴西行〉樂府古題研究》〔D〕，蘭州大學，2011 年。

47. 張樂，《盛唐士人事功追求與邊塞詩》〔D〕，天津師範大學，2012 年。

48. 丁彥峰，《魏晉南北朝軍戎詩研究》〔D〕，青島大學，2012 年。

49. 邱小培，《〈樂府詩集〉中隴右作品研究》〔D〕，西北師範大學，2012 年。

50. 王徵，《岑參與高適邊塞詩的異同比較研究》〔D〕，山東大學，2012 年。

51. 岳成娜，《唐朝邊塞詩意象的認知分析》〔D〕，燕山大學，2012 年。

52. 劉怡茗，《唐代邊塞詩中的功名意識與憂患意識》〔D〕，陝西師範大學，2012 年。

53. 曹琰，《中晚唐邊塞行旅詩研究》〔D〕，湖南科技大學，2012 年。

54. 楊金柱，《初盛唐邊塞詩的嬗變》〔D〕，中國社會科學院研究生院，2012 年。

55. 李茳茳，《唐前戰爭題材詩研究》〔D〕，中南民族大學，2012 年。

56. 王婧，《孫光憲詠史詞與邊塞詞研究》〔D〕，重慶師範大學，2012 年。

57. 和曄，《唐代隴頭詩研究》〔D〕，內蒙古大學，2013 年。

58. 王徵，《岑參與高適邊塞詩的異同比較研究》〔D〕，山東大學，2013 年。

59. 劉怡茗，《唐代邊塞詩中的功名意識與憂患意識》〔D〕，陝西師範大學，2013 年。

60. 何央央，《唐代邊塞詩特定背景研究》〔D〕，浙江大學，2013 年。

61. 康舒，《唐代士人華夷觀探論》〔D〕，煙臺大學，2013 年。

62. 郭露，《晚唐遊邊詩研究》〔D〕，湘潭大學，2013 年。

63. 趙焱，《唐代玉門關詩研究》〔D〕，內蒙古大學，2013 年。

64. 王春明，《唐代涉樂詩研究》〔D〕，吉林大學，2013 年。

65. 宋雪玲，《魏晉南北朝戰爭詩文研究》〔D〕，浙江大學，2013 年。

66. 張兆年，《三國戰爭詩研究》〔D〕，蘭州大學，2013 年。

67. 王瑾，《屈大均邊塞詩研究》〔D〕，西北師範大學，2014 年。

68. 張晶晶，《南朝橫吹曲辭中的邊塞詩研究》〔D〕，瀋陽師範大學，2014 年。

69. 寧博涵，《唐代邊塞詩語音風格手段研究》〔D〕，新疆師範大學，2014 年。

70. 郁沖聰，《唐代邊塞詩與唐代疆域沿革關係論略——以所涉邊塞地名為中心》〔D〕，山東大學，2015 年。

71. 楊倩倩，《高適河西邊塞詩研究》〔D〕，青海民族大學，2016 年。

72. 王露，《唐朝邊塞詩意象的認知研究》〔D〕，湖南師範大學，2017 年。

73. 侯光耀，《盛唐未入幕詩人的邊塞詩創作研究——以李白、王昌齡為研究中心》〔D〕，西南大學，2017 年。

74. 李曉丹，《南宋邊塞詩研究》〔D〕，西南交通大學，2018 年。

75. 劉森，《唐宋邊塞詩對比研究》〔D〕，西藏大學，2018 年。

76. 張歡，《陸游邊塞詩研究》〔D〕，延邊大學，2018 年。

77. 黨琳，《論岑參邊塞詩的新變》〔D〕，上海師範大學，2019 年。

78. 宋一玲，《草原文化視域下的盛唐邊塞詩研究》〔D〕，內蒙古民族大學，2019 年。

79. 張莉蕊，《梁代邊塞樂府詩及其創作心態研究》〔D〕，河北：河北大學，2020 年。

80. 張文豔，《唐代邊塞詩名物的詩性考察》〔D〕，西安外國語大學，2020 年。

期刊論文

（一）研究綜述

1. 吳學恒、王綬青，〈邊塞詩派評價質疑——三十年來文學史研究中的一個問題〉〔J〕，《文學評論》，1980 年第 3 期。

2. 胡大濬，〈七十年邊塞詩研究綜述〉〔J〕，《中國文學研究》，2000 年第 3 期。

3. 張曉明，〈20 世紀邊塞詩研究述評〉〔J〕，《青島大學師範學院學報》，2005 年第 4 期。

4. 賀同賞，〈李益邊塞詩綜論〉〔J〕，《德州學院學報》，2006 年第 3 期。

5. 隋秀玲，〈李頎研究百年綜述〉〔J〕，《中州學刊》，2006 年第 1 期。

6. 畢士奎，〈近三十年王昌齡詩歌研究綜述（1977～2007）〉〔J〕，《蘇州教育學院學報》，2008 年第 2 期。

7. 張勝華，〈20 世紀以來王昌齡研究成果概述〉〔J〕，《重慶科技學院學報》，2011 年第 23 期。

8. 劉紅旗，〈20 世紀 80 年代至 21 世紀初唐代閨怨詩研究綜述〉〔J〕，《綏化學院學報》，2009 年第 2 期。

9. 史國強，〈近十年岑參研究綜述〉〔J〕，《新疆教育學院學報》，2009 年第 1 期。

10. 於志鵬，〈近三十年軍旅詩研究綜述〉〔J〕，《唐山學院學報》，2011 年第 1 期。

11. 張馨心，〈高適研究述評〉〔J〕，《甘肅社會科學》，2011 年第 1 期。

12. 邱美玲，〈近三十年岑參詩研究綜述〉〔J〕，《綏化學院學報》，2011 年第 3 期。

13. 沈文凡、張巍，〈20 世紀 80 年代以來國內李益詩歌研究述評〉

〔J〕，《衡陽師範學院學報》，2007 年第 1 期。

14. 丁恩全，〈王維邊塞詩研究評述〉〔J〕，《開封教育學院學報》，
2010 年第 1 期。

15. 楊曉靄、高震，〈21 世紀邊塞詩研究述略〉〔J〕，《青海師範大學
學報》，2014 年第 2 期。

16. 王金偉，〈宋代邊塞詩詞文獻及其研究評述〉〔J〕，《蘭州文理學院
學報》，2015 年第 3 期。

17. 錢林、吳華峰，〈近十餘年岑參邊塞詩研究綜述〉〔J〕，《昌吉學院
學報》，2020 年第 1 期。

18. 田玉芳，〈近二十年「唐代邊塞詩與甘肅」研究述評〉〔J〕，《西南
石油大學學報》，2020 年第 3 期。

（二）2000 年以前的期刊論文

1. 白華，〈唐人詩歌中所表現的民族精神〉，《建國月刊》第 12 卷第
6 期。

2. 賀凱，〈北方的尚武歌〉，《中國文學史綱要》第二編第三章。

3. 陳玒，〈天寶以前的唐人邊塞詩〉，《黃鐘》第 4 卷第 6 期。

4. 孔德，〈漢短簫鐃歌十八曲考釋〉，《東方雜誌》第 23 卷第 9 號。

5. 賀昌群，〈論唐代的邊塞詩〉，《文學》第 2 卷第 6 號。

6. 關鼎彝，〈唐代民族詩人岑參〉，《文化與教育》第 57 期。

7. 聞一多，〈岑嘉州交遊事輯〉，《清華週刊》第 39 卷第 8 期。

8. 壬秋，〈樂府詩中的征人怨〉〔N〕，《晨報副刊》，民國 16 年 12 月
17 日至 21 日。

9. 高海夫，〈岑參邊塞詩的思想性〉〔N〕，《光明日報》，1956 年 6
月 24 日。

10. 沈玉成，〈論盛唐的邊塞詩〉〔J〕，《文學遺產增刊三輯》，1956 年
8 月。

11. 賴寒吹、林楠，〈岑參是歌頌武功的嗎〉〔J〕，《文史哲》，1957 年第 2 期。

12. 李廷先，〈盛唐邊塞詩的評價問題〉〔J〕，《揚州師院學報》，1960 年第 9 期。

13. 王運熙，〈談高適的燕歌行〉〔N〕，《光明日報》，1960 年 5 月 29 日。

14. 趙繼武，〈唐代邊塞詩簡論〉〔J〕，《揚州師院學報》，1960 年第 9 期。

15. 黃進德，〈對評價盛唐邊塞詩的幾點淺見〉〔J〕，《揚州師範學院學報》，1961 年第 12 期。

16. 佚名，〈唐代邊塞詩的評價問題〉〔N〕，《光明日報》，1961 年 3 月 15 日。

17. 易朝志，〈試論邊塞戰爭的評價問題——從李白幾首詩的分析談起〉〔N〕，《解放日報》，1961 年 1 月 22 日。

18. 趙慎修，〈如何評價古代邊塞詩〉〔N〕，《光明日報》，1961 年 7 月 18 日。

19. 趙鎮平、趙慎修，〈論高適和岑參的邊塞詩〉〔J〕，《北京師範大學學報》（社會科學），1961 年第 2 期。

20. 林庚，〈邊塞詩隨筆〉〔N〕，《文匯報》，1962 年 2 月 3 日。

21. 王友德，〈岑參詩中的輪臺及其他〉〔J〕，《文史哲》，1978 年第 5 期。

22. 林必成，〈唐代「輪臺」初探〉〔J〕，《新疆大學學報》，1979 年第 4 期。

23. 盧葦，〈岑參西域之行及其邊塞詩中對唐代西域情況的反映〉〔J〕，《蘭州大學學報》，1980 年第 1 期。

24. 史鐵良，〈也談王之渙的《涼州詞》〉〔J〕，《文學評論》，1980 年第 6 期。

25. 吳學恒、王綬青,〈邊塞詩派評價質疑——三十年來文學史研究中的一個問題〉〔J〕,《文學評論》,1980 年第 3 期。

26. 柴劍虹,〈「桂林」、「武城」考——岑參邊塞詩地名考辨之一〉〔J〕,《武漢師範學院學報》,1981 年第 2 期。

27. 柴劍虹,〈「胡蘆河」考——岑參邊塞詩地名考辨之一〉〔J〕,《新疆師範大學學報》,1981 年第 1 期。

28. 劉先照,〈評邊塞詩——兼與吳學恒、王綬青、涂元渠等同志商榷〉〔J〕,《文學評論》,1981 年第 3 期。

29. 沈欣,〈淺談岑參「邊塞詩」的思想內容〉〔J〕,《天津師院學報》,1981 年第 1 期。

30. 沈欣,〈淺談高適邊塞詩的思想內容〉〔J〕,《天津師院學報》,1981 年第 1 期。

31. 田文川,〈評唐人詠王昭君的詩兼論漢匈和戰〉〔J〕,《遼寧師院學報》,1981 年第 1 期。

32. 涂元渠,〈談岑參的邊塞詩——兼與吳學恒,王綬青同志商榷〉〔J〕,《文學評論》,1981 年第 1 期。

33. 吳庚舜,〈談邊塞詩討論中的幾個問題〉〔J〕,《文學評論》,1981 年第 6 期。

34. 佘正松,〈九曲之戰與高適詩歌中的愛國主義〉〔J〕,《文學遺產》,1981 年第 1 期。

35. 禹克坤,〈如何評價唐代邊塞詩〉〔J〕,《文學評論》,1981 年第 3 期。

36. 中文系古典文學研究班,〈論高適和岑參的邊塞詩〉〔J〕,《北京師範大學學報》,1961 年第 2 期。

37. 周家諄,〈王昌齡早期頌揚擴邊戰爭嗎?——與吳學恒、王綬青兩同志商榷〉〔J〕,《文學評論》,1981 年第 1 期。

38. 白堅,〈實事求是地評價唐代民族戰爭和邊塞詩〉〔J〕,《社會科

學》，1982 年第 3 期。

39. 柴劍虹，〈岑參邊塞詩中的「陰山」辨〉〔J〕，《北京師範大學學報》，
1982 年第 3 期。

40. 陳良運，〈還是從「黃河遠上」好──與史鐵良等同志商榷〉〔J〕，
《江西師院學報》，1982 年第 4 期。

41. 華鋒，〈論李益的邊塞詩〉〔J〕，《河南師大學報》，1982 年第 1
期。

42. 歐陽德威，〈王昌齡的邊塞詩〉〔J〕，《武漢師院咸寧分院學報》，
1982 年第 1 期。

43. 佘正松，〈單刀入燕趙　棲遲愧寶刀──論高適兩次赴薊北的邊
塞詩〉〔J〕，《南充師院學報》，1982 年第 4 期。

44. 謝紀智，〈從唐代邊塞詩的討論談到怎樣理解開元天寶年間的邊
塞戰爭〉〔J〕，《廣西民族學院學報》，1982 年第 1 期。

45. 卞孝萱、黃志洪，〈王之渙評傳〉〔J〕，《淮陰師專學報》，1983 年
第 3 期。

46. 高晨野，〈略談唐詩中「涼州」的特定含義〉〔J〕，《學術研究》，
1983 年第 1 期。

47. 胡大濬，〈充實善信　悲壯奇麗──岑參邊塞詩藝術風格述論〉
〔J〕，《西北師大學報》，1983 年第 4 期。

48. 馬仁可，〈李益《從軍詩序》考實〉〔J〕，《社會科學》，1983 年第
5 期。

49. 唐逢堯，〈清新的源頭，洶湧的洪流──試論陳子昂與盛唐邊塞
詩〉〔J〕，《鞍山師範學院學報》，1983 年第 2 期。

50. 王秉鈞，〈「龍城飛將」考釋〉〔J〕，《蘭州大學學報》，1983 年第 2
期。

51. 葉金，〈論盛唐邊塞詩〉〔J〕，《社會科學》，1983 年第 2 期。

52. 白應東，〈邊塞詩的愛國主義精神是歷史發展的必然〉〔J〕，《新

疆師範大學學報》，1984 年第 1 期。

53. 柴劍虹，〈岑參邊塞詩和唐代的中西交往〉〔J〕，《西北大學學報》，
    1984 年第 1 期。

54. 葛培嶺，〈論初唐邊塞詩的鬱憤特色〉〔J〕，《中州學刊》，1984 年
    第 6 期。

55. 關眉，〈李益從軍經歷考辨〉〔J〕，《文獻》，1984 年第 3 期。

56. 華鋒，〈中唐邊塞詩簡論〉〔J〕，《中州學刊》，1984 年第 3 期。

57. 劉維鈞，〈唐代西域詩句釋地〉〔J〕，《新疆大學學報》，1984 年第
    4 期。

58. 秦紹培，〈也談唐代邊塞詩派的評價問題〉〔J〕，《新疆大學學報》，
    1984 年第 3 期。

59. 孫映逵，〈岑參邊塞經歷考〉〔J〕，《徐州師範學院學報》，1984 年
    第 2 期。

60. 余嘉華，〈試論唐代有關南詔的詩歌──兼談邊塞詩評價的幾個
    問題〉〔J〕，《雲南社會科學》，1984 年第 6 期。

61. 雲天，〈岑參邊塞詩的愛國思想與文學史上的地位問題〉〔J〕，《延
    安大學學報》，1984 年第 2 期。

62. 張清華，〈論王維的邊塞詩〉〔J〕，《中州學刊》，1984 年第 3 期。

63. 張亞新，〈淺議北朝民歌對唐代邊塞詩的影響〉〔J〕，《貴州文史叢
    刊》，1984 年第 4 期。

64. 左雲霖，〈尚武社會風氣的形成及其對盛唐邊塞詩的影響〉〔J〕，
    《社會科學輯刊》，1984 年第 4 期。

65. 余恕誠，〈戰士之歌和軍幕文士之歌──從兩種不同類型之作看
    盛唐邊塞詩〉〔J〕，《文學遺產》，1985 年第 1 期。

66. 金濤聲，〈唐代邊塞詩的先聲──談初唐四傑和陳子昂的邊塞詩〉
    〔J〕，《廣西大學學報》，1985 年第 1 期。

67. 薛祥生，〈試論岑參邊塞詩的藝術特色〉〔J〕，《山東師大學報》，

1985 年第 1 期。

68. 梁超然,〈于濆邊塞詩的特色與晚唐邊塞詩的衰微〉〔J〕,《廣西民族學院學報》,1985 年第 2 期。

69. 繆志明,〈關於「盛唐邊塞詩人」的異議〉〔J〕,《社會科學輯刊》,1985 年第 2 期。

70. 楊恩成,〈初唐邊塞詩的時代特徵〉〔J〕,《陝西師大學報》,1985 年第 2 期。

71. 吳企明,〈敦煌伯氏 2555 號寫卷是唐代邊塞詩（文）選集的殘卷〉〔J〕,《蘇州大學學報》,1985 年第 2 期。

72. 蘇者聰,〈岑參是「浪漫主義的邊塞詩人」嗎？〉〔J〕,《武漢大學學報》,1985 年第 5 期。

73. 戴世俊,〈論盛唐邊塞詩的反戰精神〉〔J〕,《社會科學研究》,1985 年第 3 期。

74. 廖立,〈唐玄宗時西域戰爭性質與岑參邊塞詩〉〔J〕,《中州學刊》,1985 年第 4 期。

75. 張春山,〈岑參首次赴安西之時間與背景〉〔J〕,《新疆社會科學》,1985 年第 4 期。

76. 馬秀娟,〈論王維的邊塞詩〉〔J〕,《南昌大學學報》（人文）,1985 年第 4 期。

77. 孫映逵,〈岑參邊塞詩與天寶年間的邊塞戰爭〉〔J〕,《徐州師範學院學報》,1985 年第 4 期。

78. 廖立,〈岑詩邊塞地名考補〉〔J〕,《河南大學學報》,1985 年第 5 期。

79. 張迎勝,〈王昌齡邊塞詩的思想精華和藝術造境〉〔J〕,《寧夏大學學報》,1986 年第 1 期。

80. 胡大濬,〈邊塞詩之涵義與唐代邊塞詩的繁榮〉〔J〕,《西北師大學報》,1986 年第 2 期。

81. 廖立，〈岑參邊塞詩的風格特色〉〔J〕，《鄭州大學學報》，1986 年第 2 期。

82. 張士昉，〈關於岑參邊塞詩的評價問題〉〔J〕，《西北師大學報》，1986 年第 2 期。

83. 熊篤，〈初盛唐時期的邊境戰爭及邊塞詩評價問題〉〔J〕，《社會科學》，1986 年第 2 期。

84. 姜法璞，〈盛唐邊塞詩的陽剛之美〉〔J〕，《社會科學》，1986 年第 5 期。

85. 石雲濤，〈古代邊塞詩探源〉〔J〕，《許昌學院學報》，1986 年第 4 期。

86. 蔡厚示，〈論唐代邊塞詞〉〔J〕，《中州學刊》，1986 年第 4 期。

87. 葛培嶺，〈論晚唐邊塞詩的蕭颯風格〉〔J〕，《中州學刊》，1986 年第 6 期。

88. 羅時進，〈王昌齡與李益邊塞詩的比較探析〉〔J〕，《蘇州大學學報》，1987 年第 1 期。

89. 毛谷風，〈唐前期邊境戰爭與李白邊塞詩——兼評近年來關於唐代邊塞詩討論中的若干觀點〉〔J〕，《浙江師範大學學報》，1987 年第 1 期。

90. 王愛瑩，〈論高適、岑參邊塞詩的時代精神〉〔J〕，《西北民族大學學報》，1987 年第 2 期。

91. 陶爾夫、劉敬圻，〈盛唐高峰期的西部詩歌——岑參邊塞詩新探〉〔J〕，《文學評論》，1987 年第 3 期。

92. 丁儀，〈高適《燕歌行》主題淺議〉〔J〕，《淮陰師專學報》，1988 年第 1 期。

93. 劉維鈞，〈邊塞詩源流初探〉〔J〕，《新疆大學學報》，1988 年第 3 期。

94. 孟二冬，〈「盛唐邊塞詩派」質疑〉〔J〕，《煙臺大學學報》，1988

年第 3 期。

95. 任文京，〈唐代邊塞詩中的民族友好主題〉〔J〕，《河北大學學報》，
1988 年第 4 期。

96. 徐定祥，〈「文章四友」和盛唐邊塞詩——兼談邊塞詩的文學淵
源〉〔J〕，《安徽大學學報》，1988 年第 4 期。

97. 周小立，〈試論中唐邊塞詩〉〔J〕，《中國文學研究》，1988 年第 4
期。

98. 澄之，〈絲綢之路與唐詩的繁榮〉〔J〕，《社會科學》，1989 年第 2
期。

99. 戴偉華，〈論中唐邊塞詩繁榮的原因〉〔J〕，《揚州師院學報》，
1989 年第 2 期。

100. 賴子繡，〈「欲」與「催」當何解？〉〔J〕，《廣西大學學報》，1989
年第 1 期。

101. 劉真倫，〈盧照鄰西使甘涼及其邊塞組詩考述〉〔J〕，《重慶師院學
報》，1989 年第 1 期。

102. 錢雲華，〈高適《燕歌行》究竟刺誰？〉〔J〕，《樂山師專學報》，
1989 年第 1 期。

103. 薛宗正，〈唐太宗李世民及其邊塞詩作〉〔J〕，《新疆師範大學學
報》，1989 年第 3 期。

104. 李無未，〈高適岑參詩韻系異同比較〉〔J〕，《延邊大學學報》，1990
年第 4 期。

105. 牟臣益，〈常建邊塞詩的悲苦意識〉〔J〕，《西南師範大學學報》，
1990 年第 2 期。

106. 陶文鵬，〈論常建詩歌的音樂境界〉〔J〕，《社會科學戰線》，1990
年第 2 期。

107. 王婕，〈論陳子昂的邊塞行與邊塞詩〉〔J〕，《西北民族大學學報》，
1990 年第 4 期。

108. 吳宗淵，〈岑參邊塞詩的音樂美〉〔J〕，《寧夏大學學報》，1990 年第 2 期。

109. 戴偉華，〈論中唐邊塞詩〉〔J〕，《內蒙古大學學報》，1991 年第 1 期。

110. 房日晰，〈高適岑參邊塞詩藝術之比較〉〔J〕，《西北大學學報》，1991 年第 3 期。

111. 胡問濤，〈論王昌齡的邊塞詩〉〔J〕，《四川師範學院學報》，1991 年第 1 期。

112. 禹克坤，〈唐代邊塞詩與民族問題〉〔J〕，《中央民族學院學報》，1991 年第 2 期。

113. 黃剛，〈略論唐以前的邊塞詩〉〔J〕，《上海師範大學學報》，1992 年第 3 期。

114. 蘭翠，〈論唐以前征戍詩的發展〉〔J〕，《煙臺大學學報》，1992 年第 3 期。

115. 廖立，〈岑詩西征對象及出師地點再探〉〔J〕，《中州學刊》，1992 年第 2 期。

116. 秦紹培、劉藝，〈論唐代邊塞詩及其繁榮原因〉〔J〕，《新疆大學學報》，1992 年第 1 期。

117. 吳逢箴，〈論李白反映唐蕃戰爭的邊塞詩〉〔J〕，《西藏民族學院學報》，1992 年第 2 期。

118. 薛曉蔚，〈論唐詩中的厭戰情緒〉〔J〕，《山西大學師範學院學報》，1992 年第 Z1 期。

119. 寧志新，〈岑參的邊塞詩與唐朝在西域的戰爭〉〔J〕，《敦煌學輯刊》，1993 年第 2 期。

120. 秦紹培、劉藝，〈論唐代邊塞詩的思想價值〉〔J〕，《新疆大學學報》，1993 年第 1 期。

121. 劉藝，〈唐代最早從軍西域的著名詩人──駱賓王〉〔J〕，《新疆大

學學報》，1994 年第 2 期。

122. 戴偉華，〈對文人入幕與盛唐高岑邊塞詩幾個問題的考察〉〔J〕，
《文學遺產》，1995 年第 2 期。

123. 蔣寅，〈由戎幕回歸臺閣──李益的創作及其在唐詩史上的地位〉
〔J〕，《古典文學知識》，1995 年第 1 期。

124. 錢志熙，〈齊梁擬樂府詩賦題法初探──兼論樂府詩寫作方法之
流變〉〔J〕，《北京大學學報》，1995 年第 4 期。

125. 邵文實，〈敦煌邊塞文學之「征婦怨」作品述論〉〔J〕，《敦煌學輯
刊》，1995 年第 2 期。

126. 戴偉華，〈論岑參邊塞詩獨特風格形成的原因〉〔J〕，《文學遺產》，
1997 年第 4 期。

127. 劉藝，〈杜甫邊塞詩之儒家思想評議〉〔J〕，《新疆大學學報》，1997
年第 3 期。

128. 蘇華，〈論李白的邊塞詩〉〔J〕，《新疆大學學報》，1997 年第 2 期。

129. 王開元，〈邊塞詩探源〉〔J〕，《新疆大學學報》，1997 年第 4 期。

130. 胡大濬、王志鵬，〈敦煌邊塞詩歌綜論〉〔J〕，《敦煌研究》，1998
年第 1 期。

131. 周可奇，〈胡琴琵琶與羌笛──唐代邊塞詩中的樂器〉〔J〕，《樂
器》，1998 年第 4 期。

132. 李炳海，〈崔顥邊塞詩考辨〉〔J〕，《文學遺產》，1999 年第 6 期。

133. 佘正松、王勝明，〈淵源流長　歷久彌新──簡論先秦邊塞詩對
唐邊塞詩的影響〉〔J〕，《四川師範學院學報》，1999 年第 6 期。

134. 王琛，〈蕭綱的邊塞詩〉〔J〕，《古典文學知識》，1999 年第 1 期。

135. 閻福玲，〈中國古代邊塞詩的三重境界〉〔J〕，《北方論叢》，1999
年第 4 期。

（三）2000 年～2020 年的期刊論文

1. 卞良君，〈中國古代征戍詩簡論〉〔J〕，《延邊大學學報》，2000 年

第 1 期。

2. 戴偉華，〈唐代文學與幕府關係的研究〉〔J〕，《淮陰師範學院學報》，2000 年第 2 期。

3. 林大志，〈論蕭綱的邊塞詩〉〔J〕，《河北大學學報》，2000 年第 5 期。

4. 陳鐵民，〈關於文人出塞與盛唐邊塞詩的繁榮──兼與戴偉華同志商榷〉〔J〕，《文學遺產》，2002 年第 3 期。

5. 韓玉珠，〈唐代西部邊塞詩的愛國主義美學品格〉〔J〕，《人文雜誌》，2002 年第 5 期。

6. 于年湖、胡新晶，〈高、岑邊塞詩用韻與思想及藝術的關係研究〉〔J〕，《西北大學學報》，2002 年第 3 期。

7. 鄒曉霞，〈擬樂府之風與六朝邊塞詩的創作〉〔J〕，《廣東技術師範學院學報》，2003 年第 2 期。

8. 陳斌，〈橫吹曲與南朝邊塞樂府〉〔J〕，《古典文學知識》，2003 年第 1 期。

9. 李德輝，〈長安至京北諸州交通與唐邊塞行旅詩的形成〉〔J〕，《湘潭大學社會科學學報》，2003 年第 5 期。

10. 佘正松、王勝明，〈「邊塞」考〉〔J〕，《西華師範大學學報》，2003 年第 5 期。

11. 王莉，〈論《文選》中的邊塞詩〉〔J〕，《延安大學學報》，2003 年第 2 期。

12. 蔣方，〈唐詩中的「陽關」〉〔J〕，《古典文學知識》，2004 年第 2 期。

13. 李智君，〈詩性空間：唐代西北邊塞詩意象地理研究〉〔J〕，《寧夏社會科學》，2004 年第 6 期。

14. 劉潔，〈從唐代邊塞詩看唐代的民族政策──唐代邊塞詩系列研究之二〉〔J〕，《西北民族大學學報》，2004 年第 5 期。

15. 木齋，〈論初盛唐邊塞詩的演進和類型〉〔J〕，《新疆師範大學學報》，2005 年第 1 期。

16. 任文京，〈論岑參邊塞詩中的矛盾心態〉〔J〕，《河北大學學報》，2004 年第 3 期。

17. 佘正松，〈論《詩經》征戍詩的風格特徵〉〔J〕，《四川師範大學學報》，2004 年第 6 期。

18. 閻福玲，〈如何幽咽水，並欲斷人腸？──樂府橫吹曲《隴頭水》源流及創作範式考論〉〔J〕，《南京師範大學文學院學報》，2004 年第 2 期。

19. 張玉娟，〈試論唐代邊塞詩「以漢喻唐」模式〉〔J〕，《山東社會科學》，2004 年第 3 期。

20. 路雲亭，〈盛唐邊塞詩文化性徵〉〔J〕，《新疆大學學報》，2008 年第 4 期。

21. 王小娟，〈梁陳邊塞詩創作心理淺解〉〔J〕，《南京師範大學文學院學報》，2005 年第 2 期。

22. 羅春蘭，〈「推折默運，殆摩明遠之壘」──盛唐邊塞詩對鮑照的接受〉〔J〕，《蘭州學刊》，2006 年第 1 期。

23. 雒海寧、許慧茹，〈南北朝及之前的邊塞詩〉〔J〕，《青海社會科學》，2010 年第 5 期。

24. 王英，〈論南朝邊塞樂府詩的創作及其成因〉〔J〕，《內江師範學院學報》，2006 年第 1 期。

25. 朱秋德，〈以詩證史：岑參邊塞詩中有關唐代西域名稱的變遷〉〔J〕，《中國文學研究》，2006 年第 1 期。

26. 劉潔，〈從唐代邊塞詩看唐代征婦的情感世界──唐代邊塞詩系列研究之四〉〔J〕，《社科縱橫》，2007 年第 6 期。

27. 任文京，〈論隋代邊塞詩〉〔J〕，《文學遺產》，2007 年第 6 期。

28. 史國強、趙婧，〈岑參赴安西路途考證〉〔J〕，《新疆大學學報》，

2007 年第 1 期。

29. 王松濤，〈論唐代邊塞詩中的胡樂意象〉〔J〕，《蘭州學刊》，2007 年第 8 期。

30. 應曉琴，〈南方文化與唐代邊塞詩〉〔J〕，《青島大學師範學院學報》，2007 年第 3 期。

31. 應曉琴，〈隋唐帝王邊塞詩〉〔J〕，《蘭州學刊》，2007 年第 1 期。

32. 蔣宗許，〈「至今猶憶李將軍」正解〉〔J〕，《文學遺產》，2008 年第 2 期。

33. 李世忠、袁方，〈論岑參對先唐邊塞詩的接受〉〔J〕，《廣西社會科學》，2008 年第 9 期。

34. 徐克瑜，〈是曠達的豪飲之詞還是悲傷的厭戰之調——王翰《涼州詞》雙重反諷主題的細讀批評〉〔J〕，《名作欣賞》，2008 年第 8 期。

35. 歐陽明亮、張建利，〈陰柔化和心理化——論南朝後期詩中「邊塞」形象的美學意蘊〉〔J〕，《九江學院學報》，2007 年第 2 期。

36. 閻福玲，〈邊塞詩鄉戀主題的時代特點與價值〉〔J〕，《晉陽學刊》，1999 年第 5 期。

37. 戴偉華，〈高適《燕歌行》新論〉〔J〕，《學術研究》，2010 年第 12 期。

38. 雒海寧、許慧茹，〈南北朝及之前的邊塞詩〉〔J〕，《青海社會科學》，2010 年第 5 期。

39. 彭飛、沈文凡，〈論唐太宗東北邊塞詩創作〉〔J〕，《渤海大學學報》，2010 年第 5 期。

40. 王豔軍，〈征衣視角下唐代邊塞詩中的閨情〉〔J〕，《中南民族大學學報》，2010 年第 5 期。

41. 王宜瑗，〈梁陳：征戰題材的新變——以橫吹曲為中心〉〔J〕，《文學遺產》，2010 年第 3 期。

42. 于海峰,〈南朝邊塞樂府創作模式新論〉〔J〕,《山西大學學報》,
    2011 年第 2 期。

43. 諸葛憶兵,〈范仲淹的西北邊塞詩作〉〔J〕,《古典文學知識》,2011
    年第 4 期。

44. 沈文凡、彭飛,〈隋唐東北邊塞詩創作述論〉〔J〕,《吉林大學社會
    科學學報》,2011 年第 4 期。

45. 王樊逸,〈唐代的戰爭文學與戰爭宣傳〉〔J〕,《山東社會科學》,
    2011 年第 5 期。

46. 張穩,〈論唐人邊塞詩中的音樂詩〉〔J〕,《湖南人文科技學院學
    報》,2012 年第 1 期。

47. 宿月,〈西域樂舞的南傳與陳代詩歌中的胡笳意象〉〔J〕,《西域研
    究》,2012 年第 3 期。

48. 史國強,〈岑參邊塞詩的敘事性探討〉〔J〕,《新疆大學學報》,2012
    年第 3 期。

49. 馬海龍,〈論詩史差異及其形成原因——以唐代詠哥舒翰詩為例〉
    〔J〕,《湖北民族學院學報》,2012 年第 5 期。

50. 劉浩天、周曉琳,〈中國早期邊塞詩與西方戰爭詩歌的比較——
    以《詩經》中的戰爭詩與《伊利亞特》的比較為例〉〔J〕,《陰山
    學刊》,2012 年第 6 期。

51. 王麗,〈論白居易《新樂府》中的「邊塞詩」〉〔J〕,《內蒙古農業
    大學學報》,2012 年第 6 期。

52. 董曉慧,〈唐朝邊塞詩的傳播意義研究〉〔J〕,《哈爾濱師範大學學
    報社會科學學報》,2012 年第 6 期。

53. 戴偉華,〈岑參邊塞詩新論——以人緣和地緣為視角〉〔J〕,《華南
    師範大學學報》,2012 年第 6 期。

54. 李濬植,〈邊塞詩概念小考〉〔J〕,《中國韻文學刊》,2013 年第 1
    期。

55. 雒海寧，〈試論隋代邊塞詩〉〔J〕，《青海社會科學》，2013 年第 1 期。

56. 何蕾，〈胡部新聲與唐代邊塞詩創作〉〔J〕，《人文雜誌》，2013 年第 2 期。

57. 戴偉華，〈從兩個傳統中確認岑參邊塞詩的寫實特質〉〔J〕，《西北師大學報》，2013 年第 2 期。

58. 魏景波，〈隴頭悲歌與邊塞想像──唐詩中的隴山書寫〉〔J〕，《陝西師範大學學報》，2013 年第 4 期。

59. 盧英宏，〈唐代邊塞反戰詩論略〉〔J〕，《雲夢學刊》，2013 年第 5 期。

60. 余恕誠、王樹森，〈論初盛唐東北邊塞詩及其政治軍事背景〉〔J〕，《吉林師範大學學報》，2014 年第 1 期。

61. 于湧，〈南朝邊塞詩對「隴首」意象的塑構〉〔J〕，《中南大學學報》，2014 年第 1 期。

62. 陶成濤，〈論「凱樂體」戰爭詩及邊塞詩〉〔J〕，《廣州大學學報》，2014 年第 1 期。

63. 郭小轉，〈特殊的元代邊塞詩及其傳承意義〉〔J〕，《石河子大學學報》，2014 年第 3 期。

64. 張碩，〈古代邊塞詩「遼陽」意象與民族文化心理〉〔J〕，《北京工業大學學報》，2014 年第 3 期。

65. 梁祖萍、盧有明，〈明代寧夏邊塞詩創作題材略論〉〔J〕，《寧夏大學學報》，2014 年第 4 期。

66. 王樹森，〈唐蕃角力與盛唐西北邊塞詩〉〔J〕，《北京大學學報》，2014 年第 4 期。

67. 王永莉，〈唐代邊塞詩「絕域」意象的歷史地理學考察〉〔J〕，《人文雜誌》，2014 年第 10 期。

68. 黃偉，〈西北遊歷與譚嗣同的邊塞詩〉〔J〕，《文藝評論》，2014 年

第 12 期。

69. 陳作宏，〈淺論翁萬達的邊塞詩〉〔J〕，《韓山師範學院學報》，2015 年第 1 期。

70. 黃曉東，〈由語言風格手段的表現看唐代邊塞詩的語言風格〉〔J〕，《湖北社會科學》，2015 年第 1 期。

71. 田峰，〈唐代西北疆域的變遷與邊塞詩人的地理感知〉〔J〕，《學術月刊》，2015 年第 47 卷第 2 期。

72. 陳建文，〈唐代邊塞詩中的明月：概念整合理論視閾下的鄉愁意象〉〔J〕，《求索》，2015 年第 2 期。

73. 趙昕然，〈淺談唐代邊塞詩中的音樂描寫及其作用——以胡笳為例〉〔J〕，《大眾文藝》，2015 年第 3 期。

74. 盧燕新，〈論《河嶽英靈集》對盛唐邊塞題材詩的接受〉〔J〕，《新疆大學學報》，2015 年第 5 期。

75. 楊曉彩，〈「馬汗踏成泥，朝馳幾萬蹄」——北朝樂府對唐代邊塞詩影響研究一例〉〔J〕，《樂府學》，2016 年第 2 期。

76. 王昕，〈多維視野下漢唐邊塞詩的新闡釋——閻福玲《漢唐邊塞詩研究》評介〉〔J〕，《石家莊學院學報》，2016 年第 4 期。

77. 姜玉琴，〈論盛唐邊塞詩對「漢文本」的引用與改寫〉〔J〕，《上海大學學報》，2016 年第 6 期。

78. 何蕾，〈中唐「夷夏」觀念之轉嚴與邊塞詩創作的衰落〉〔J〕，《內蒙古社會科學》，2017 年第 2 期。

79. 陳志聖，〈朝鮮詩家對王昌齡邊塞詩的接受〉〔J〕，《當代韓國》，2017 年第 4 期。

80. 馮淑然，〈從初盛唐邊塞詩看東北民族關係〉〔J〕，《內蒙古民族大學學報》，2017 年第 3 期。

81. 王金偉，〈論宋人選錄邊塞詩及其意義〉〔J〕，《漢江師範學院學報》，2017 年第 5 期。

82. 陶成濤，〈唐代的音樂環境與樂府邊塞詩的繁榮——兼論唐代邊塞詩「親歷邊塞」之外的「想像邊塞」〉〔J〕，《杜甫研究學刊》，2018 年第 3 期。

83. 丁沂璐，〈北宋邊塞詩的恢復情結與突圍經營〉〔J〕，《甘肅社會科學》，2018 年第 6 期。

84. 田玉芳，〈絲綢之路上的唐人邊塞詩所涉河隴重大邊事書寫〉〔J〕，《蘭州文理學院學報》，2019 年第 6 期。

85. 王啟瑋，〈梅堯臣、蘇舜欽邊塞詩的角色想像與詩史意義〉〔J〕，《文學遺產》，2020 年第 2 期。

附錄五：遊仙詩與音樂關係探析
——以樂府遊仙詩的
生成為考察中心

摘　要

　　學界對於遊仙詩的考察多關注其與社會思潮的關係，而忽略遊仙詩與音樂的關係。遊仙詩題材中，樂府遊仙詩最先繁榮，並且，樂府遊仙詩與魏晉相和大曲中具有遊仙風格的「引曲」和「送聲」關係密切。而笙、簫、琴、瑟等樂器所演奏出的舒緩柔和的音樂風格對遊仙詩的文字風格以及文學想像均有直接影響，尤其以笙、簫的影響最為顯著。遊仙詩中笙、簫意象的頻繁出現以及「音樂遊仙詩」這一特色鮮明的分支的存在，都體現了遊仙詩與音樂的密切關係。

關鍵詞：遊仙詩、音樂、笙簫意象

　　關於遊仙詩主題的淵源考察，目前學界多集中於道家思想及皇帝求長生、道教煉丹求仙的社會風氣、其他神學及玄學思想等方面。曹道衡先生《論郭璞的遊仙詩》是建國後較早探討遊仙詩起源的文章：「其實我國古代詩歌中有關求仙成仙的思想，起源甚早，據《史記·秦始皇本紀》，所謂的《仙真人詩》，可以算作詩歌中最早寫到神仙的

作品。」〔註1〕陳建華《魏晉時期遊仙詩初探》一文認為，遊仙詩在魏晉時期大量出現，與這一時期社會動亂所引起的詩人的性命之憂、以及當時佛學、玄學思想及擺脫經學束縛而帶來的清峻與通脫文風等相關。〔註2〕張士驄《關於遊仙詩的淵源及其他》一文則認為，帝王求長生、道士煉丹求仙的社會風氣及當時普遍存現的社會迷信是影響求仙詩出現的重要原因。〔註3〕其他如賀秀明《曹操與曹植遊仙詩的成因及異同》、李乃龍《論仙與遊仙詩》等也都是從社會思潮、神仙觀念探討遊仙詩的產生〔註4〕。近年來有關論文，亦以社會思潮對詩人和遊仙詩作品的影響為主要考察焦點〔註5〕。從音樂的角度考察遊仙詩的生成，目前的研究還沒有涉及。正如學界已經指出的，遊仙詩經過曹操、曹植的大力創作及阮籍、郭璞的接續與發展，最終成為文學史上一大類具有共同題材傾向性的文學作品。而在遊仙詩的發展過程中，樂府遊仙詩最先繁榮。曹操、曹植等人創作的遊仙詩幾乎全是樂府詩。對樂府遊仙詩進行社會淵源的考察而忽略其與音樂的關係，顯然是有所缺憾的。

一、樂府遊仙詩與相和大曲的關係

三曹的遊仙詩是被施用於樂府機構進行演奏的音樂文學。在魏晉

〔註1〕曹道衡，《論郭璞的遊仙詩》，載於《社會科學戰線》，1983年第1期。

〔註2〕陳建華，《魏晉時期遊仙詩初探》，載於《韶關師專學報》，1987年第4期。

〔註3〕張士驄，《關於遊仙詩的淵源及其他——與陳飛之同志商榷》，載於《文學評論》，1987年第6期。

〔註4〕賀秀明，《曹操與曹植遊仙詩的成因及異同》，載於《中州學刊》，1994年第3期；李乃龍《論仙與遊仙詩》，載於《西北大學學報》，1995年第2期。

〔註5〕例如北京大學2002年博士論文《秦漢魏晉遊仙詩的淵源流變論略》（作者張宏）、東北師範大學2007年碩士學位論文《魏晉玄學與阮籍的遊仙詩》（作者於德信）、山東大學2011年博士學位論文《唐前遊仙文學研究》（作者羅文卿）、河南師範大學2012年碩士學位論文《唐前遊仙詩研究》（作者郭俊芳）等等，均是關注社會思潮對遊仙詩生成的影響。

樂府中，這些音樂文學實際上是為一套結構完整的相和大曲服務的。《樂府詩集·相和歌辭》所著錄的「相和十五曲」，是典型的魏晉相和大曲。《樂府詩集》引《古今樂錄》引張永《元嘉正聲技錄》云：

> 相和有十五曲，一曰《氣出唱》，二曰《精列》，三曰《江南》，四曰《度關山》，五曰《東光》，六曰《十五》，七曰《薤露》，八曰《蒿里》，九曰《覲歌》，十曰《對酒》，十一曰《雞鳴》，十二曰《烏生》，十三曰《平陵東》，十四曰《東門》，十五曰《陌上桑》。〔註6〕

這段材料對「相和十五曲」的演奏內容及次序作了詳細的交待。所謂「一曰《氣出唱》」、「二曰《精列》」，表示「相和十五曲」的演奏次序是以曹操的這二首詩列在演奏首位的，我們稱之為「前奏曲」。而「十五曰《陌上桑》」，則表示「十五曲」的最後演奏次序，我們稱之為「尾聲曲」。

在「相和十五曲」的「前奏曲」和「尾聲曲」部分，都出現了遊仙詩的歌辭。「前奏曲」有曹操的《氣出唱》二首、《精列》一首遊仙詩〔註7〕；「尾聲曲」有收編自屈原《山鬼》的「今之人」、曹操「駕虹霓」、曹丕「棄故鄉」三首遊仙詩〔註8〕。當相和大曲作為一個固定演奏的套曲存在時，其「前奏曲」、「尾聲曲」是否都會出現遊仙歌辭呢？

相和大曲在西晉荀勗改制之後，以「三調」的形式出現。據《樂府詩集》題解，「三調」之中平調、清調與荀勗所錄相比變化依然不大，而瑟調則數量膨脹，王僧虔《大明三年宴樂技錄》錄38首瑟調曲，比荀勗所錄15曲多了一倍多。相和曲大多轉入瑟調，說明了瑟調的演奏方式發生了新變，適應了新的宮廷審美需求。所以，我們認為平調、清調保留相和大曲固定演奏格式較多，而瑟調則有所變化。這種變化主

〔註6〕郭茂倩《樂府詩集》卷二十六，北京：中華書局點校本，1979年版，第382頁。
〔註7〕《樂府詩集》卷四十一，第603～604頁。
〔註8〕《樂府詩集》卷四十一，第607～608頁。

要是「前豔後趨」模式進入單曲的演奏，使得單曲演奏呈現出大曲微縮版的演奏風格。在魏晉相和大曲中，一組套曲的前奏曲和尾聲曲採用「前引後趨」的演奏模式，而在南朝之後，這種演奏模式在單曲的演奏中也被採用。

　　平調曲中沿襲相和大曲的演奏形式我們可以從《樂府詩集》卷三十引《古今樂錄》所引王僧虔《大明三年宴樂技錄》中看到：

　　　　平調有七曲：一曰《長歌行》，二曰《短歌行》，三曰《猛
　　　　虎行》，四曰《君子行》，五曰《燕歌行》，六曰《從軍行》，
　　　　七曰《鞠歌行》。〔註9〕

　　從王僧虔的記載來看，至少到南朝宋大明三年（459），《長歌行》依然作為一組相和大曲的「前奏曲」使用，而《鞠歌行》則為「尾聲曲」。而《長歌行》《鞠歌行》均出現了遊仙詩：

長歌行　古辭

　　仙人騎白鹿，髮短耳何長。導我上太華，攬芝獲赤幢。
　　來到主人門，奉藥一玉箱。主人服此藥，身體日康強。
　　髮白復更黑，延年壽命長。〔註10〕

鞠歌行　陸機

　　朝雲升，應龍攀，乘風遠遊騰雲端。
　　鼓鍾歇，豈自歡，急弦高張思和彈。
　　時希值，年夙怨，循己雖易人知難。
　　王陽登，貢公歡，罕生既沒國子歎。
　　嗟千載，豈虛言，邈矣遠念情慆然。〔註11〕

　　《樂府詩集》題解中分析《長歌行》歌辭內容的變化云：「《樂府解題》曰：『古辭云『青青園中葵，朝露待日晞』，言芳華不久，當努力為樂，無至老大乃傷悲也。』魏改奏文帝所賦曲『西山一何高』，言仙

〔註 9〕《樂府詩集》卷三十，第441頁。
〔註10〕《樂府詩集》卷二十九，第422～423頁。
〔註11〕《樂府詩集》卷三十三，第494頁。

道茫茫不可識，如王喬、赤松，皆空言虛詞，迂怪難言，當觀聖道而已。若陸機『逝矣經天日，悲哉帶地川』，則復言人運短促，當乘間長歌，與古文合也。」〔註12〕實際上，《長歌行》古辭「青青園中葵」當為一首民間徒歌，而其進入相和大曲演奏之後，被固定使用於前奏曲調的演奏，而在「前奏曲調」音樂風格的影響下，《長歌行》擁有了「仙人騎白鹿」歌辭、曹丕的「西山一何高」的遊仙歌辭。而《鞠歌行》在南朝宋謝靈運、謝惠連的擬作中，也完全是遊仙詩的風格。

清調曲也存在以套曲演奏的情況。《樂府詩集》卷三十三引《古今樂錄》所引王僧虔《大明三年宴樂技錄》云：

清調有六曲：一《苦寒行》，二《豫章行》，三《董逃行》，
四《相逢狹路間行》，五《塘上行》，六《秋胡行》。〔註13〕

清調曲調式高於平調，這種高音的樂曲給人的想像是悲涼而淒寒的。所以《苦寒行》、《豫章行》成為了清調最具特色的清商樂前奏曲調。但是同時，遊仙詩的風格在這六首清調套曲中依然存在，以第三曲《董逃行》特色最為鮮明，我們依然視之為「前奏曲」。《董逃行》古辭是一首非常典型的遊仙詩：

吾欲上謁從高山，山頭危險大難。遙望五嶽端，黃金為闕，班璘。但見芝草，葉落紛紛。百鳥集，來如煙。山獸紛綸，麟、辟邪；其端鵾雞聲鳴。但見山獸援戲相拘攣。小復前行玉堂，未心懷流還。傳教出門來：「門外人何求？」所言：「欲從聖道求一得命延。」教敕凡吏受言，採取神藥若木端。白兔長跪搗藥蝦蟆丸。奉上陛下一玉柈，服此藥可得神仙。服爾神藥，莫不歡喜。陛下長生老壽，四面蕭蕭稽首，天神擁護左右，陛下長與天相保守。〔註14〕

而最為「尾聲曲」的《秋胡行》，也出現了曹操兩首遊仙詩，其一

〔註12〕《樂府詩集》卷三十，第 442 頁。
〔註13〕《樂府詩集》卷三十三，第 495 頁。
〔註14〕《樂府詩集》卷三十四，第 505 頁。

「晨上」篇云「我居崑崙山，所謂者真人。道深有可得，名山歷觀。遨遊八極，枕石嗽流飲泉」、其二「願登」篇云「願登泰華山，神人共遠遊。經歷崑崙山，到蓬萊，飄颻八極，與神人俱。思得神藥，萬歲為期」〔註15〕，《樂府詩集》明確表明「右二曲，魏晉樂所奏」，可見最為樂府大曲演奏的《秋胡行》使用的是遊仙詩。

瑟調曲在南朝最大的變化在於套曲形式的解體。「豔」、「趨」的形式只能從單曲演奏中反映出來。瑟調在南朝持續擴充，正是單曲演奏的風行。所以王僧虔《技錄》著錄的瑟調曲沒有「一」、「二」以及之後的次序。但是《技錄》著錄在最前面的《善哉行》、《隴西行》二首，我們仍然認為是直接繼承自《荀氏錄》中的瑟調套曲。故而列在最前面的《善哉行》古辭、《隴西行》古辭皆為遊仙詩：

善哉行六解　古辭

來日大難，口燥脣乾。今日相樂，皆當喜歡。

經歷名山，芝草翻翻。仙人王喬，奉藥一丸。

自惜袖短，內手知寒。慚無靈輒，以報趙宣。

月沒參橫，北斗闌干。親交在門，饑不及餐。

歡日尚少，戚日苦多。以何忘憂，彈箏酒歌。

淮南八公，要道不煩。參駕六龍，遊戲雲端。〔註16〕

隴西行　古辭

天上何所有，歷歷種白榆。桂樹夾道生，青龍對道隅。

鳳凰鳴啾啾，一母將九雛。顧視世間人，為樂甚獨殊。

好婦出迎客，顏色正敷愉。伸腰再拜跪，問客平安不。

……〔註17〕

當然，《隴西行》古辭只是前半部分涉仙，「好婦出迎客」之後部

〔註15〕《樂府詩集》卷三十六，第 527 頁；沈約《宋書》卷二十一《樂志》，北京：中華書局點校本，1974 年版，第 610 頁。

〔註16〕《樂府詩集》卷三十六，第 535 頁。

〔註17〕《樂府詩集》卷三十七，第 543 頁。

分為敘事性民歌。這兩部分風格截然不同，很難視為一個整體。實際
上，《隴西行》這部分的遊仙內容正是其在魏晉相和大曲的演奏中被使
用於前奏曲調而增加的。這部分的遊仙歌辭後來獨立，擁有了新的曲
名，即《步出夏門行》。《步出夏門行》的古辭「邪徑過空盧，好人常獨
居。卒得神仙道，上與天相扶。過謁王父母，乃在太山隅。離天四五
里，道逢赤松俱。攬轡為我御，將吾上天遊。天上何所有，歷歷種白
榆。桂樹夾道生，青龍對伏趺」〔註18〕正是一首遊仙詩。而《善哉行》
的標題實際上也出自魏明帝《步出夏門行》的擬作。《樂府詩集》瑟調
《善哉行》題解云：「按魏明帝《步出夏門行》曰：『善哉殊復善，絃歌
樂我情。』然則『善哉』者，蓋歡美之辭也。」〔註19〕

通過以上分析，我們發現相和大曲的「前奏曲」和「尾聲曲」均
會出現遊仙歌辭。而六朝文論中也提到了遊仙詩與「前奏曲」的關係。
劉勰《文心雕龍·明詩》中有「仙詩緩歌，雅有新聲」一語，實際上也
包含了相和大曲固定的前奏曲。范文瀾《文心雕龍注》曰「樂府古辭有
《前緩聲歌》。」〔註20〕周振甫《文心雕龍今譯》解釋云：「《仙詩緩歌》，
已不可考，一說即樂府雜曲《前緩聲歌》，但它不是仙詩。」〔註21〕實
際上，周振甫先生誤。《文心雕龍》所云的「仙詩緩歌」，的確是《前緩
聲歌》。《樂府詩集》所錄的《前緩聲歌》歌辭，均具有遊仙風格。如
陸機的《前緩聲歌》云：「遊仙聚靈族，高會層城阿」、孔甯子《前緩聲
歌》云：「滿堂皆人靈，列筵必羽化」、謝惠連《前緩聲歌》云：「羲和
纖阿去嵯峨」。〔註22〕

「前奏曲」和「尾聲曲」在相和大曲中有固定的使用名詞。「前奏
曲」即「引」。《樂府詩集》中所著錄的「相和六引」，實際上將魏晉至
南朝的不同引曲數目進行彙編的數字，其題解引張永《元嘉正聲技錄》

〔註18〕《樂府詩集》卷三十七，第544頁。
〔註19〕《樂府詩集》卷三十六，第535頁。
〔註20〕范文瀾，《文心雕龍注》，人民文學出版社，1958年版，第87頁。
〔註21〕周振甫，《文心雕龍今譯》，北京：中華書局，1986年版，第60頁。
〔註22〕《樂府詩集》卷六十五，第945～946頁。

云：「相和有四引，一箜篌，二商引，三徵引，四羽引。箜篌歌瑟調，
東阿王辭」〔註23〕這裡說明南朝宋時有四類引曲，《箜篌引》雖流變為
瑟調，但依然保留了曹植辭。曹植《箜篌引》詩後半部分云：「盛時不
再來，百年忽我遒。驚風飄白日，光景馳西流。生存華屋處，零落歸山
丘。先民誰不死，知命復何憂」〔註24〕，具有鮮明的遊仙和歡逝的風
格；據逯欽立先生考證，具有楚地音樂風格的「豔」，也屬於「引」曲
〔註25〕。「尾聲曲」即「送」。《樂府詩集》引張永《元嘉正聲技錄》云：
「凡三調，歌弦一部，竟輒作『送』」，即曲終奏「送聲」。而「趨」或
「亂」皆包含於「送聲」的概念之內。「引曲」和「送聲」在相和大曲
中具有風格鮮明的特徵，使得遊仙詩得以依傍於此，在魏晉時期出現
繁榮景象。

二、引曲、送聲中的遊仙音樂與遊仙詩

我們已知相和大曲中的引曲和送聲與樂府遊仙詩的生成密切相
關。而引曲和送聲之所以能夠產生遊仙風格的歌辭，源於其曲調中
具有能夠引發詩人遊仙想像的音樂旋律。謝靈運《會吟行》詩云「六
引緩清唱」〔7〕（P935），緩和柔美的音樂自然給人以漂浮遠遊的想像，而
這種緩和柔美的音樂在引曲和送聲中的固定使用，更使得神仙想像與
遊仙意境描寫在樂府遊仙詩中大量出現，這是當時相和樂曲流行背景
下的必然。

〔註23〕《樂府詩集》卷二十六，第 377 頁。
〔註24〕《宋書・樂志》錄曹植《置酒・野田黃雀行》詩，注云「空侯引亦用
此曲」。則此《野田黃雀行》即流入瑟調之《箜篌引》。見《宋書》卷
二十一，第 620 頁；《樂府詩集》卷三十九，第 570 頁。
〔註25〕逯欽立《「相和歌」曲調考》指出：「『大曲』的豔，本來就是楚歌。左
思《吳都賦》：『荊豔楚舞』，注：『豔，楚歌也』。《古樂錄》云『楚歌
曰豔』，『豔』既是楚歌，也就是南音。《樂府詩集》說『豔曲生於南朝，
胡音生於北俗。』進一步說，豔就是『徵引』。《吳都賦》注：『南音，
徵引也，南國之音也。』是其證。」見《文史》第十四輯，北京：中
華書局，1982 年版，第 233 頁。

　　魏晉相和大曲中「引曲」、「送聲」的演奏內容，我們可以通過同時期的音樂文學作品來進行考察。西晉夏侯淳《笙賦》云：

　　　　初進《飛龍》，重繼《鶤雞》。振「引」合「和」，如會如

　　離。〔註26〕〔12〕

　　這裡的「引」和「和」，正是「引曲」和「送聲」。這種觀點在黃仕忠先生《和、亂、豔、趨、送與戲曲幫腔合考》一文中也可以得到印證〔註27〕。也就是說，《飛龍》、《鶤雞》是相和大曲演奏的「引曲」和「送聲」必奏的曲目。

　　曹植《飛龍篇》云：「晨遊泰山，雲霧窈窕。忽逢二童，顏色鮮好。乘彼白鹿，手翳芝草。我知真人，長跪問道。西登玉堂，金樓複道。授我仙藥，神皇所造。教我服食，還精補腦。壽同金石，永世難老。」〔註28〕正是遊仙詩。《鶤雞》曲，張衡《南都賦》云「彈箏吹笙，更為新聲。寡婦悲吟，鶤雞哀鳴。」〔註29〕嵇康《琴賦》云：「嘤若離鶤鳴清池，翼若飛鴻翔層崖。……遠而聽之，若鸞鳳和鳴戲雲中」、「《飛龍》《鹿鳴》，《鶤雞》遊弦」〔註30〕。可見琴曲之中保留了笙樂的《鶤雞》，並固定作為「鶤弦」〔註31〕的引曲。可見《鶤雞》大致為模仿鳥鳴之音來作為套曲的引曲。《雙鴻》《白鶴》大概亦是如此。這個解釋在潘岳的《笙賦》也可以印證：「爾乃引《飛龍》，鳴《鶤雞》。《雙鴻》翔，《白鶴》飛。子喬輕舉，明君懷歸。荊王喟其長吟，楚妃歎而

〔註26〕歐陽詢，《藝文類聚》卷四十四樂部四，清文淵閣四庫全書本。
〔註27〕黃仕忠，《和、亂、豔、趨、送與戲曲幫腔合考》，載於《文獻》，1992
　　　　年第2期。
〔註28〕《樂府詩集》卷六十四，第926頁。
〔註29〕蕭統，《文選》卷四，上海古籍出版社，1986年版，第158頁。
〔註30〕《文選》卷十八，第844～845頁。
〔註31〕「鶤弦」即嵇康《琴賦》即云「《鶤雞》遊弦」。《玉臺新詠箋注》卷八
　　　　劉孝綽《夜聽妓賦得烏夜啼》首句云「鶤弦且輟弄，鶴操暫停征」，正
　　　　是琴曲的《鶤雞》、《白鶴》引曲。庾信《奉和法筵應詔》（《庾子山集
　　　　注》卷三）末句云「迴翔遙可望，終類仰鶤弦」，鶤弦亦是《鶤雞》琴
　　　　曲。虞茂《四時白紵歌·長安秋》云「鶤弦鳳管奏新聲」（《樂府詩集》
　　　　卷五十六），亦是。

增悲。」〔註32〕《王子喬》、《明君》屬於相和歌吟歎曲〔註33〕，在相和大曲中，吟歎曲其實是固定用來作為「引曲」或「送聲」的，這其實是相和歌「一唱三歎」之原始形態之保留以及「吳歈越吟」演唱方式的同類型吸收，「吟」和「歎」皆是因其使用於固定位置而得的曲名。謝靈運《會吟行》、陸機《吳趨行》，是分別對「引曲」和「送聲」的擬作，陸機詩云「楚妃且勿歎，齊娥且莫謳。四坐並清聽，聽我歌吳趨」〔註34〕，正是與吟歎曲並提。《樂府詩集》載有魏晉樂府所奏的《王子喬》古辭：

> 王子喬，參駕白鹿雲中遨。參駕白鹿雲中遨，下游來，
> 王子喬。參駕白鹿上至雲，戲遊遨。上建逋陰廣里踐近高。
> 結仙宮，過謁三台，東遊四海五嶽，上過蓬萊紫雲臺。三王
> 五帝不足令，令我聖明應太平。養民若子事父明，當究天祿
> 永康寧。玉女羅坐吹笛簫。嗟行聖人遊八極，鳴吐銜福翔殿
> 側。聖主享萬年。悲吟皇帝延壽命。〔註35〕

「玉女羅坐吹笛簫」，吟歎曲並非徒歌，而是伴樂演奏的引曲或送聲。我們注意到，王子喬騎鶴吹笙是一則有名的神仙故事。《列仙傳》記載云：「王子喬者，周靈王太子晉也。好吹笙作鳳鳴。遊伊洛之間，道士浮邱公接以上嵩高山。」〔註36〕而作為吟歎曲的《王子喬》，正是體現了相和大曲中固定引曲和送聲中游仙音樂與文辭的特殊思維關聯。

〔註32〕《文選》卷十八，第 859 頁。
〔註33〕《樂府詩集》卷二十九《吟歎曲》題解云：「《古今樂錄》曰：『張永《元嘉技錄》有吟歎四曲：一曰《大雅吟》，二曰《王明君》，三曰《楚妃歎》，四曰《王子喬》。《大雅吟》、《王明君》、《楚妃歎》，並石崇辭。《王子喬》，古辭。《王明君》一曲，今有歌。《大雅吟》、《楚妃歎》二曲，今無能歌者。』古有八曲，其《小雅吟》、《蜀琴頭》、《楚王吟》、《東武吟》四曲闕。」見第 424 頁。
〔註34〕《樂府詩集》卷六十四，第 934 頁。
〔註35〕《樂府詩集》卷二十九，第 437 頁。
〔註36〕王叔岷，《列仙傳校箋》卷上，北京：中華書局，2007 年版，第 65 頁。

　　孫尚勇《相和歌表演程式演進考論》〔註37〕一文指出：魏明帝改制相和歌確定了兩項事實，一是相和歌內部徒歌清唱地位下降而弦樂伴奏地位上升，二是相和十七曲從不獨立演奏變為獨立演奏，器樂與歌辭之間不存在絕對固定搭配的關係。弦樂化的相和大曲使得歌曲中「歌詞」的文學內容指涉關聯下降，因此歌曲可以無關原本的「本辭」，而加以弦樂化的演奏甚至有一定的旋律改適。在這種模式之下，只要是相和大曲的演奏模式，在相和大曲追求「引曲」和「送聲」的「緩」「遊」的遊仙風格音樂旋律的要求下，就必然讓聽眾跟著其藝術效果產生「遊仙」的聯想，也就必然產生大量遊仙的歌辭創製。這種配合遊仙音樂演奏的歌辭，即是《樂府詩集》所收錄的、遊仙詩題材中最先繁榮的樂府遊仙詩。

三、遊仙音樂的樂器使用與音樂遊仙詩

　　相和樂曲首先是能夠較多生成遊仙風格的音樂，然後才是遊仙風格的音樂催生出樂府遊仙詩和具有音樂意境的遊仙詩。而相和樂曲中具有舒緩輕柔風格的樂器演奏，與遊仙想像的生成密切相關。

　　《樂府詩集》引《古今樂錄》云：「凡相和，其器有笙、笛、節歌、琴、瑟、琵琶、箏七種」〔註38〕。相和大曲中引曲和送聲的演奏中，笙、簫、琴、瑟等樂器均參與了遊仙音樂的演奏。上文已經引過《笙賦》的材料，而在馬融《長笛賦》中云：「有雒客舍逆旅，吹笛為《氣出》、《精列》相和」〔註39〕，可見「長笛」也參與了引曲的吹奏。長笛與簫管類似。朱熹云：「今呼簫管，乃是古之笛。雲簫乃是古之簫。」〔註40〕

〔註37〕孫尚勇，《相和歌表演程式演進考論》，載於《文學遺產》，2014年第6期。

〔註38〕《樂府詩集》卷二十六，第377頁。

〔註39〕李善注：《歌錄》曰：「古相和歌十八曲，《氣出》一，《精列》二。」見《文選》卷十八，第809頁。

〔註40〕見《朱子語類》卷九十二，北京：中華書局，1988年版，第6冊，第2348頁。

「雲簫」即排簫，又名「鳳簫」〔註41〕。鮑照的《升天行》中云「鳳臺無還駕，簫管有遺聲」〔註42〕，可見笙簫樂器在遊仙音樂中的使用。笙簫作為相和樂曲中的重要樂器，其吹奏風格給聽眾最大的聽覺感受和想像，就是雲霄之上，鳳凰之鳴。今天民樂之中，這種類似的音樂想像依然可以感受到。

　　除了笙簫，琴瑟也是參與遊仙音樂演奏的重要樂器。我們已知琴曲有「鶤弦」，隋盧思道《升天行》亦云「擁琴遙可望，吹笙遠詎聞」〔註43〕，可見琴與笙的合奏情況。嵇康《琴賦》記載了一首「拊弦安歌，新聲代起」的遊仙琴歌，並寫琴樂給人的音樂想像云：「嚶若離鶤鳴清池，翼若遊鴻翔層崖」〔註44〕，均見遊仙特色。瑟的遊仙風格亦淵源甚早，張衡《西京賦》云「總會仙倡，戲豹舞羆。白虎鼓瑟，蒼龍吹篪。女娥坐而長歌，聲清暢而委蛇」〔註45〕，魏晉時期，「齊瑟和且柔」的緩聲音樂亦非常流行。成公綏《嘯賦》云「清激切於竽笙，優潤和於琴瑟」〔註46〕，亦可見魏晉時期瑟樂的風格。曹植《仙人篇》云

〔註41〕明代李之藻《頖宮禮樂疏》卷四《鳳簫詁》釋此最詳：「《釋名》：『簫，肅也。其聲肅肅而清也。』《世本》曰：『舜所造。其形參差以象鳳翼，簫然清亮以象鳳鳴。』原本黃帝使伶倫自大夏之西崑崙之陰，取竹之解谷，生其竅厚均者，斷兩節間而吹之，宣揚六氣而成天道。是謂律管。管有長短，周徑有大小，而聲之清濁高下，因焉編集眾律，一管一聲，又名排簫。朱子云：『今呼簫管，乃是古之笛。雲簫乃是古之簫。』雲簫者，排簫也。排簫有二，《爾雅·釋樂》云：『大簫謂之言，小簫謂之筊。』而管之多寡，諸家說異。郭璞曰：『簫大者編二十三管，長尺四寸；小者十六管，長尺二寸一，名籟。』」見《頖宮禮樂疏》卷四，清文淵閣四庫全書本。

〔註42〕《樂府詩集》卷六十四，第920頁。另，曹植有《升天行》二首，見《樂府詩集》卷六十四，第919頁。

〔註43〕《樂府詩集》卷六十四，第920頁。

〔註44〕遊仙琴歌云：「凌扶搖兮憩瀛洲，要列子兮為好仇。餐沆瀣兮帶朝霞，眇翩翩兮薄天遊。齊萬物兮超自得，委性命兮任去留。激清響以赴會，何絃歌之綢繆。」見《文選》卷十八，第842頁；音樂想像句見第844頁。

〔註45〕《文選》卷二，第76頁。

〔註46〕《文選》卷十八，第867頁。

「湘娥拊琴瑟，秦女吹笙竽」〔註47〕，詩中「湘娥」即《山海經》、《列仙傳》所載娥皇女英；「秦女」暗用《列仙傳》中蕭史弄玉吹簫成仙之事。與《王子喬》樂曲一致，《簫史曲》也當是以排簫為主要演奏樂器的曲調，同樣給人以遊仙的音樂想像。

正是因為魏晉音樂環境中笙簫、琴瑟等管樂和絃樂共同的音樂營造，形成了當時遊仙詩生成的音樂土壤。音樂對其遊仙歌辭的直接影響不侷限在引曲和送聲，相和曲的一些單曲也使用了笙簫、琴瑟的樂器，使得樂府遊仙詩呈現多點繁榮的局面。《樂府詩集·雜曲歌辭》中所錄的遊仙詩，正是在這種音樂環境下持續不斷生成的〔註48〕。

西晉時期，開始出現文人化的五言遊仙詩。這是遊仙詩開始脫離樂府，成為一種獨立詩歌題材的開始。但是，我們不能忽視甚至抹煞樂府相和大曲對遊仙詩繁榮的巨大貢獻，沒有魏晉音樂環境的孕育，遊仙詩不可能在五言詩文人化不久就不佔有文學史的一席之地。阮籍的《詠懷詩八十二首》中14首遊仙詩，可以說是文人遊仙詩的首次較大規模出現，這自與阮籍所處的社會現實的黑暗有很大的關聯，但我們依然可以從中看出音樂對遊仙詩的影響，如「鳳皇鳴參差，伶倫發其音。王子好簫管，世世相追尋」、再如「林中有奇鳥，自言是鳳凰。清朝飲醴泉，日夕棲山岡。高鳴徹九州，延頸望八荒。適逢商風起，羽翼自摧藏」〔註49〕等等。

遊仙詩在魏晉之後，即開始了分化。上文已經指出文人五言遊仙詩的獨立，同時道教遊仙詩也開始形成，成為遊仙詩中的重要分支〔註50〕。但是，正是由於遊仙詩所具有的音樂基因，音樂主題的遊仙

〔註47〕《樂府詩集》卷六十四，第923頁。
〔註48〕例如曹植的《升天行》《五遊》《遠遊篇》《仙人篇》、傅玄的《雲中白子高行》、齊梁陳詩人的同題擬作詩篇以及陸瑜的《仙人覽六著篇》、王融、戴暠等人同題的《神仙篇》、梁簡文帝的《升仙篇》、張正見的《應龍篇》等。
〔註49〕分別為阮籍《詠懷詩八十二首》其二十二、其七十九，見逯欽立《先秦漢魏晉南北朝詩》魏詩卷十，北京：中華書局，1983年版，第510頁。
〔註50〕葛曉音在《秦漢魏晉遊仙詩史研究的新創獲——序張宏〈秦漢魏晉遊

詩依然存在。本文稱之為「音樂遊仙詩」。

　　梁武帝改西曲制《江南弄》七曲，其中有《鳳笙曲》，當是以吹奏樂器來命名的曲調。《樂府詩集》錄《鳳笙曲》本辭曰：「綠耀克碧彫琯笙，朱唇玉指學鳳鳴。流速參差飛且停。飛且停，在鳳樓，弄嬌響，間清謳。」〔註 51〕可見歌辭中音樂與遊仙風格的結合。唐詩中，也有這種類型的遊仙詩，如沈佺期《鳳笙曲》云：

　　　　　　憶昔王子晉，鳳笙遊雲空。揮手弄白日，安能戀青宮。

　　　　　　豈無嬋娟子，結念羅帳中。憐壽不貴色，身世兩無窮。

　　再如李白《鳳吹笙曲》：

　　　　　　仙人十五愛吹笙，學得昆丘彩鳳鳴。

　　　　　　始聞煉氣餐金液，複道朝天赴玉京。

　　　　　　玉京迢迢幾千里，鳳笙去去無邊已。

　　　　　　欲歎離聲發絳唇，更嗟別調流纖指。

　　　　　　此時惜別詎堪聞，此地相看未忍分。

　　　　　　重吟真曲和清吹，卻奏仙歌響綠雲。

　　　　　　綠雲紫氣向函關，訪道應尋緱氏山。

　　　　　　莫學吹笙王子晉，一遇浮丘斷不還。〔註52〕

　　李白另有《鳳凰曲》、《鳳臺曲》，也是同類的音樂遊仙詩。我們還可以舉《全唐詩》中所錄張仲素《夜聞洛濱吹笙》、鮑溶《弄玉詞》二首、李商隱《銀河吹笙》、秦韜玉《吹笙歌》、王轂《吹笙引》等作品為例，意在說明在遊仙詩的發展中，笙簫尤其是笙樂的主題在音樂遊仙詩中尤為突出。音樂遊仙詩完全可以視為文人求仙詩、道教遊仙詩之

　　　　仙詩的淵源流變論略〉》一文中云：「本文題旨中最大的一塊空白則是東晉楊羲的道教遊仙詩。……作者認為楊羲的道教遊仙詩是南北朝遊仙詩到唐代道教遊仙詩轉化的轉關。這些研究不但填補了空白，而且使遊仙詩發展的主線更加清晰飽滿，也是本文的閃光點所在」。見《北京大學學報》，2002 年第 5 期。

〔註51〕《樂府詩集》五十，第 727 頁。

〔註52〕沈佺期、李白詩皆見《樂府詩集》五十，第 738 頁。

外特色鮮明的獨立分支。

同時，其他類別的遊仙詩中也持續保留著音樂意象，其中以笙簫意象最為普遍。文人遊仙詩如李白《古風》其七云「兩兩白玉童，雙吹紫鸞笙」[註53]、李白《憶舊遊寄譙郡元參軍》云「紫陽之真人，邀我吹玉笙。餐霞樓上動仙樂，嘈然宛似鸞鳳鳴」、武元衡《求仙難》云「玉殿笙歌漢帝愁，鸞龍儼駕望瀛洲」、許渾《學仙》云「漢武迎仙紫禁秋，玉笙瑤瑟祀昆丘」、張祜《笙》、《簫》二首詩云「董雙成一妙，歷歷韻風篁」、「清籟遠愔愔，秦樓夜思深」、羅鄴《題笙》云「緱嶺獨能征妙曲，嬴臺相共吹清音」等，均可以體現笙簫意象與遊仙想像自然銜接的藝術思維關聯。

樂府遊仙詩以及笙簫意象為主的音樂遊仙詩，實際上直接受音樂藝術的啟發和影響。這種音樂感染的持續存在，形成了一種對審美及創作均有極大影響的文化心理，使得非樂府類的文人遊仙詩中持續性地注入了笙簫等音樂意象，從而進一步在後相和樂山時代形成遊仙詩與音樂的隱性文化關聯。

四、結語

本文以樂府遊仙詩的生成為考察中心，探討遊仙詩與音樂的關係，藉以指明在五言詩的生成之初，具有寫作趨同性和主題一致性的遊仙詩，正是在當時盛行的相和大曲和「相和三調」樂曲的音樂環境下，由固定演奏的具有舒緩輕柔風格給人以飄遊仙境的音樂想像的「引曲」和「送聲」曲調持續催生而成的音樂歌辭。遊仙詩的生成不僅僅是漢魏時代求仙、慕道、談玄等社會思潮和文人習氣的反映，從更為微觀的角度講，沒有持續流行的遊仙風格的音樂，就不可能出現持續繁榮的樂府遊仙詩。而在遊仙音樂消歇之後，文人遊仙詩也不可能保存以笙簫為代表的音樂意象。遊仙詩最早依存於遊仙樂，而遊仙樂又持續催生出遊仙詩。遊仙樂與遊仙詩在漢魏晉宋時代基本呈現出

[註53]《全唐詩》卷一六四，北京：中華書局，1960 年版，第 1671 頁。

一種相得益彰、相輔相成的生態景觀。遊仙詩與音樂的關係，生動地
體現了中國古代詩歌發展史進程中詩歌從音樂中孕育、分離而又有
隱形銜接關係的動態脈絡，同時也體現了音樂風格對文學風格的重要
影響。

附錄六：中古遊俠詩與音樂關係探析——以樂府遊俠詩的生成和演進為考察中心

摘要

　　學界對於遊俠詩的研究多集中於文本與社會文化風氣之上，而中古時期的音樂環境對遊俠詩的生成和演進有內在的影響，這一點為學界所忽視。在遊俠詩的生成和演進過程中，樂府遊俠詩是主流呈現方式。而生成樂府遊俠詩的音樂環境主要有二，一是漢魏晉相和歌中的原本有關歌頌英雄傳奇色彩的民歌音樂，二是以梁鼓角橫吹曲為代表的被南朝樂府改造過的具有北方胡樂屬性的橫吹曲音樂。另外，傳唱英雄豪傑的歌曲的持續產生，也對遊俠詩的發展提供了音樂環境。遊俠詩在南朝的梁鼓角橫吹曲和清商新聲二種音樂文化土壤的共存環境中持續生成，促成了南朝文人「包容性」的音樂想像的遊俠詩摹寫，產生了圍繞任俠、遊獵、鬥雞、賭博、豪縱等內容為常見主題，以京華、名都、大道、貴邸、酒肆、邊塞為常見場景，以「公子」「少年」為常見形象的樂府遊俠詩。中古樂府遊俠詩塑造了遊俠詩的文學傳統，並直接影響了唐代遊俠詩的文學走向。

關鍵詞：遊俠詩、樂府詩、音樂、少年行、公子行

一、問題的提出

　　遊俠詩是中古文學中的重要題材，目前學界關於遊俠詩研究目前集中表現為以文本研究為主，主要研究結論偏向於遊俠詩所反映的社會現實中的遊俠之風、遊俠文化和詩人的任俠思想等等。劉飛濱《漢－唐遊俠詩發展史綱》是目前學界對於遊俠詩研究較為深入的成果，該文認為先秦以來的遊俠風氣和漢代的遊俠歌謠都是遊俠詩的淵源。魏晉遊俠詩是「建安風骨」的投射，是寫實與理想化改造並存，兩晉以後遊俠詩的發展都是與社會風氣直接相關，南北朝遊俠詩為唐代遊俠詩繁榮奠定了基礎，唐代遊俠詩是唐代社會風氣和文人性情的詩意展示〔註1〕。

　　劉飛濱將遊俠詩與漢代歌謠的結合研究，是對其樂府文學屬性的有力觀照，但是在其遊俠詩的直接研究中，則並沒有繼續就樂府古題的演變進行考察，更遑論音樂性的研究了。可以說，劉飛濱的研究思路代表了當前學界的一個階段性成就，就是對遊俠詩的認識，僅僅在源頭上將其上溯到漢代歌謠，但是一旦遊俠詩作為真正的研究對象，則立即轉入文學文本的社會文化和文人心態研究。而其他學者如李曉芹《俠文化與曹植的遊俠詩》對於曹植文人性地對遊俠詩的開拓意義進行了肯定〔註2〕、辛曉娟《從阮籍到李白：遊俠類詩歌傳統的定型》認為繼曹植之後由阮籍和李白共同完成了遊俠詩的文學傳統建構〔註3〕，

〔註1〕 劉飛濱，《漢－唐遊俠詩發展史綱》，陝西師範大學博士學位論文，2004年。按，劉飛濱又有《盛唐詩歌的任俠精神》（《中國文學研究》，2004年第2期）、《唐代詩人及其詠俠詩創作——兼論唐代的詠俠詩派》（《社會科學論叢》，2004年第3期）、《建安遊俠詩與儒家精神》（《西南大學學報》，2007年第3期）、《論梁陳詩歌中游俠形象的綺麗化現象》（《黑龍江社會科學》，2013年第3期）、《關於遊俠詩的界定問題》（《中華文化論壇》，2013年第4期）、《「輕薄兒」形象與唐詩人的遊俠觀念》（《重慶師範大學學報》，2017年第4期）等文章，在研究思路上基本延續了其博士論文的社會性和思想性分析。

〔註2〕 李曉芹，《俠文化與曹植的遊俠詩》，《陰山學刊》，1996年第4期。

〔註3〕 辛曉娟，《從阮籍到李白：遊俠類詩歌傳統的定型》，《西南大學學報》，2010年第6期。

體現了對於作家個體對於遊仙詩發展演進的貢獻的探討，但本文認為，遊俠詩在中古時期的共性創作如「眾星羅秋旻」，並非幾個具體作家的貢獻就足以全面闡釋其生成和新變的過程。為學界關注最為集中的唐代遊俠詩，也多偏向於文學主題（形象）、社會現實、文人的俠意識的解讀〔註4〕。

　　遊俠詩的文學源頭或者說「內在的」生發點，學者已經明確溯源到漢代歌謠，如鍾元凱《唐詩的任俠精神》指出「遊俠形象在詩歌中的出現，並非始自唐代，它濫觴於漢魏樂府，在建安和魏晉之際即已嶄露頭角。當時出現的一些樂府古詩如《白馬篇》《結客少年場行》《博陵王宮俠曲》《秦女休行》等，就是以寫俠男俠女為主要內容的」〔註5〕。劉飛濱《漢代的遊俠與遊俠歌謠》〔註6〕、賈立國《漢代詠俠民謠的俠文化意義》〔註7〕都指出了遊俠詩的最初內在的音樂文學淵源。

　　正如學界已經指出的，遊俠詩最初的生成，或者說其最初的文學淵源是漢樂府，漢樂府最初生成了遊俠詩，那麼魏晉樂府和遊俠詩的

〔註4〕可參看林香玲，《以書為劍：唐代遊俠詩歌研究》（臺北：文津出版社，1999 年版）、徐慧琴《試論唐代遊俠詩創作的繁榮》（《太原師範專科學校學報》，2001 年第 3 期）、汪聚應《唐人詠俠詩芻論》（《文學遺產》，2001 年第 6 期）、蘭翠、蘭玲《論唐代征戍詩中的遊俠形象及成因》（《煙臺師範學院學報》，2003 年第 3 期）、康震《長安俠文化傳統與唐詩的任俠主題——「長安文化與唐代詩歌研究」之一》（《人文雜誌》，2004 年第 1 期）、賈立國《論中晚唐俠風與詠俠詩創作》（《貴州社會科學》，2013 年第 4 期）、余鑛超《初盛唐俠類詩研究》（上海師範大學 2014 年碩士學位論文）、葛景春《大唐——詩俠——李白與任俠》（《中州學刊》，1990 年第 4 期）、章繼光《論李白的詠俠詩》（《求索》，1994 年第 6 期）、劉亮亮《李益遊俠詩中的俠義精神探析》（《赤峰學院學報》，2015 年第 7 期）等研究思路基本以「文本解讀－社會背景－文化分析」為主的論文。

〔註5〕鍾元凱，《唐詩的任俠精神》，《北京大學學報》，1983 年第 5 期。

〔註6〕劉飛濱，《漢代的遊俠與遊俠歌謠》，《唐都學刊》，2004 年第 3 期。

〔註7〕賈立國，《漢代詠俠民謠的俠文化意義》，《廣西民族大學學報》，2007 年第 12 期。

關係、南朝樂府和遊俠詩的關係就非常值得繼續關注。從魏晉至隋唐是遊俠詩歌持續發展的階段，也是遊俠樂府古題持續湧現和新變的階段，不同時期的遊俠詩與當時的樂府音樂環境二者之間顯然存在非常緊密的相互依存、互相影響的關係。這種關係體現出詩歌主題持續生成的音樂環境的內在場域：文人通過持續的音樂接受，獲得詩歌創作的藝術靈感的啟發。如《藝文類聚》引《俗說》載「桓玄作詩，思不來，輒作鼓吹。既而思得，云『鳴鵠響長皋』。歎曰：『鼓吹固自來人思。』」〔註8〕鼓吹曲中的樂聲使桓玄產生了「鳴鵠」的音樂想像，進而創造了詩歌意象，這直觀地說明了「音樂－詩歌」的內在場域的存在。中古時期的樂府遊俠詩的持續生成和演進過程中，我們需要從音樂角度考察，這種考察可以對已有的遊俠詩與社會風氣、文人的俠意識等因素和關聯的考察提供一個新的思維和視角。

鄭樵《通志》卷四十九「樂略第一」專門在「遺聲」二十五正門中列「遊俠二十一篇」，非常敏銳地將後世視為文學主題的「遊俠詩」的直接關聯性的音樂主題予以闡明。這 21 篇遊俠樂府古題是：《遊俠篇》《俠客行》《博陵王宮俠曲》《臨江王節士歌》《少年子》《少年行》《刺少年》《邯鄲少年行》《長安少年行》《羽林郎》《輕薄篇》《劍客》《結客》《結客少年場》《沐浴子》《結襪子》《結援子》《壯士吟》《公子行》《燉煌子》《扶風豪士歌》。鄭樵在《遺聲序論》中言：「遺聲者，逸詩之流也，今以義類相從，分二十五正門二十附門總四百十八篇，無非雅言幽思，當採其目以俟可考，今採其詩以入聲係樂府。」〔註9〕雖然鄭樵對樂府古題的羅列相對簡單，沒有對樂府古題的時間先後加以具體考察，但已經為研究樂府遊俠詩指明了相關方向。在中古遊俠詩的發展過程中，樂府遊俠詩一直是占絕對主體的主力軍和生力軍，魏晉以來文人創作的遊俠詩幾乎都是樂府詩，對樂府遊俠詩進行社會現

〔註 8〕歐陽詢，《藝文類聚》卷十八，上海古籍出版社，1985 年版，第 1195
頁。
〔註 9〕鄭樵，《通志》，北京：中華書局，1987 年版，第 631 頁。

實、文化思潮意義的考察，而忽略其音樂演進考察，顯然是有所缺憾的。漢樂府在魏晉的持續發展以及新的音樂文學形態的演進對遊俠詩的持續生成和不斷演進的直接和具體的影響，學界的研究目前尚未有深入的探究。本文擬以時間為序，梳理漢代之後唐代之前，遊俠詩的發展與音樂環境的關係。

二、魏晉樂府遊俠詩與相和歌的關係

漢樂府的具體音樂形態以相和歌及其變體為主。魏晉相和歌是基於東漢以來對於各地民歌的採錄和雅化之後形成的。雅化的相和歌完成了絲竹配樂的改造和文人再創作的改造並為宮廷朝堂演奏服務。在魏晉樂府所錄的相和歌辭中，孕育遊俠詩文學創作主題的音樂主要有《博陵王宮俠曲》《臨江王節士歌》《結客少年場行》《相逢行》等。

曹植的《白馬篇》是遊俠詩早期的名作，《白馬篇》屬於曹植對於宮廷相和歌的新造，《白馬篇》和《名都篇》《美女篇》均產生於「古齊瑟行」〔註10〕，雖然《齊瑟行》被郭茂倩收在《雜曲歌辭》中，但是「齊瑟」的音樂特徵曹植已有交待：「秦箏何慷慨，齊瑟和且柔」〔註11〕，這一句詩出自《相和歌辭·瑟調·野田黃雀行》，又被作為相和大曲引曲《箜篌引》來演奏，可見《白馬篇》是曹植基於某一首相和歌樂府古題改造的。同樣，《名都篇》《美女篇》也是基於某兩首相和歌演奏而新造的歌辭。

《白馬篇》《名都篇》《美女篇》三首詩之前並未被當做一個整體來看待，我們總是分裂地將其劃分為不同的主題，但是在相和歌的樂府演奏實際中，很有可能這三首是作為一個「套曲」一起加以演奏的，很可能是一部雅化的相和大曲的三個不同音樂單元。

〔註10〕《樂府詩集》卷六十三《齊瑟行》引《歌錄》曰：「《名都》、《美女》、《白馬》，並「齊瑟行」也」，見第 911 頁。
〔註11〕《樂府詩集》卷三十九，相和歌辭，瑟調四，見第 570 頁。

　　之所以能夠得出這樣的推論，因為西晉張華有《輕薄篇》《遊俠篇》《遊獵篇》《壯士篇》四首作品，同樣屬於遊俠題材的樂府詩，從《樂府詩集》的著錄和題解來看，魏晉樂府機構是一脈相承的。張華根據西晉樂府演奏的某一套相和大曲來創作的遊俠詩歌辭，可以啟發我們反觀曹植的《白馬篇》《名都篇》《美女篇》，應該作為一個整體加以看待。

　　《樂府詩集》錄張華《遊俠篇》後題解云「魏陳琳、晉張華，又有《博陵王宮俠曲》」〔註 12〕這裡我們可以得知，《博陵王宮俠曲》是一首較早明確表明「俠」的樂府古題，據《後漢書》「（劉珪）建安十八年徙封博陵王」〔註 13〕則《博陵王宮俠曲》是漢魏之際諸侯王宮廷產生的相和歌的曲子，這樣類似的相和歌或者衍生曲的持續演奏，就會催生出曹植、張華的樂府遊俠詩歌辭創作。

　　同樣，《臨江王節士歌》也是漢代相和歌。據《漢書·藝文志》所載「歌詩」有「臨江王及愁思節士歌詩四篇」〔註 14〕，應是其在西漢的原始歌謠形態，此臨江王即漢景帝時栗太子劉榮，據《漢書·酷吏傳·郅都傳》，臨江王為郅都所鞠，自殺於獄中，而「節士」應該是受到栗太子牽連之人，他們或臨終悲憤而歌，或民間感於他們的忠義而為他們作歌頌英雄之歌。此歌自西漢流傳至東漢，可能經歷過很多改造，但基本的音樂旋律和悲憤的音樂氛圍應該是得到傳承的。而郅都後官至雁門太守，漢相和歌有一首《雁門太守行》，來源不明，或亦與此相關〔註 15〕。

〔註12〕《樂府詩集》卷六十七，第 966 頁。

〔註13〕《後漢書》卷十四《宗室四王三侯列傳第四》，北京：中華書局，1965年版，第 559 頁。

〔註14〕《漢書》卷三十，北京：中華書局，1964 年版，第 559 頁。

〔註15〕按，《雁門太守行》據《樂府詩集》所引王僧虔《伎錄》，歌《古洛陽令》，而引吳兢云「按古歌詞，歷述渙本末，與傳合，而曰《雁門太守行》，所未詳。」本文認為，《雁門太守行》與《臨江王節士歌》可能起源於臨江王劉榮之事，為郅都酷法糾獄所引發的民間歌曲，後來在傳唱至南朝時歌曲散佚而與《古洛陽令》相混淆。

　　《結客少年場行》也是相和歌催生的以復仇為中心的遊俠詩。其最初的樂府改造是曹植的《結客篇》，而《結客篇》的音樂基因非常清楚，《樂府詩集》解題云：

　　　　《樂府解題》曰：「《結客少年場行》，言輕生重義，慷慨以立功名也。」《廣題》曰：「漢長安少年殺吏，受財報仇，相與探丸為彈，探得赤丸斫武吏，探得黑丸殺文吏。尹賞為長安令，盡捕之。長安中為之歌曰：『何處求子死，桓東少年場。生時諒不謹，枯骨復何葬。』按結客少年場，言少年時結任俠之客，為遊樂之場，終而無成，故作此曲也。」〔註16〕

　　漢樂府從民歌形態到相和歌形態，一直到曹植所在的時代還會被演奏，曹植根據這首古辭，改造成為遊俠詩的另一典範《結客篇》。而且其中的「結任俠之客，為遊樂之場」很值得注意，也就是曹植在改造《結客少年場行》時，加入了新的元素，而這個元素很可能是相和歌在演奏中的一種演變。在被改造時，其遊俠主題被主要凝練為兩部分，所謂我們定義什麼是遊俠詩，也應該是包含「任俠之客」和「遊樂之場」兩種作品。

　　那麼，相和歌中的某些音樂演奏方式是如何催生了遊俠相關的文學主題內容呢？以上我們只能探究到某些簡單的聯繫，而《樂府詩集》所錄的一首相和歌《相逢行》，給了我們很好的分析案例，可以側面印證曹植、張華等人如何將舊有的相和歌改造而成為遊俠主題的樂府新詞。

　　在相和歌辭清調曲中，有對於遊俠詩影響非常直接的樂府古題——《相逢行》。《樂府詩集・清調曲・相逢行》題解云：「一曰《相逢狹路間行》，亦曰《長安有狹斜行》。」〔註17〕記載為「晉樂所奏」的

〔註16〕《樂府詩集》卷六十六，第 948 頁。
〔註17〕《樂府詩集》卷三十四，北京：中華書局，1979 年版，第 508 頁。按：《樂府詩集》引吳兢《樂府解題》云：「古詞文意與《雞鳴曲》同」，

《相逢行》的古辭為：

> 相逢狹路間，道隘不容車。不知何年少，夾轂問君家。
> 君家誠易知，易知復難忘。黃金為君門，白玉為君堂。
> 堂上置樽酒，作使邯鄲倡。中庭生桂樹，華燈何煌煌。
> 兄弟兩三人，中子為侍郎。五日一來歸，道上自生光。
> 黃金絡馬頭，觀者盈道傍。入門時左顧，但見雙鴛鴦。
> 鴛鴦七十二，羅列自成行。音聲何雍雍，鶴鳴東西廂。
> 大婦織綺羅，中婦織流黃。小婦無所為，挾瑟上高堂。
> 丈人且安坐，調絲方未央。

　　《相逢行》古辭在南朝宋齊時代仍然演奏，《樂府詩集·相和歌辭·清調曲》題解引《古今樂錄》云「荀氏錄所載九曲，傳者五曲，晉宋齊所歌，今不歌。」〔註18〕荀勖改制後的《相逢狹路間行》，雖然在南朝陳時期「不歌」，但是，從晉宋到齊梁時期，我們還是可以明顯看到《相逢行》的音樂形態的一個非常明顯的演變。《相逢行》的演奏明顯可以劃分為兩個部分，第一部分我們稱之為「兄弟」部分，第二部分我們稱之為「三婦」部分。也就是說，《相逢行》由一首曲子「裂變」為兩首曲子。而由於南朝融入相和三調中的清商新聲的綺豔特徵，裂變而生的「三婦豔」曲非常流行，「三婦豔」在齊梁之際也已經開始單獨演唱，逐漸成為文人摹寫歌辭的新曲。這種「豔」已經不再是簡單的曲調結尾的音樂單元了，而是可以改造並且的確被宋齊梁陳的文人加以改造實踐的樂府新詞的片段〔註19〕。

此「文意」亦是無關音樂性的歌辭文本，即古辭「兄弟兩三人，中子為侍郎」，與《雞鳴》古辭之「兄弟四五人，皆為侍中郎」相近，固是文本分析，《相逢行》與《雞鳴曲》的音樂淵源並不相同，《雞鳴曲》源於楚樂（可參羅來國《論「楚歌曰豔」與「雞鳴歌」》，載於《黃鐘》（武漢音樂學院學報）1998 年第 1 期），當屬相和歌辭之楚調。而《相逢行》屬清調。

〔註18〕《樂府詩集》卷三十三，第 495 頁。
〔註19〕《樂府詩集》平調曲題解云：「歌弦今用器。又有《大歌弦》一曲，歌『大婦織綺羅』，不在歌數，唯平調有之。即清調『相逢狹路間，道隘

　　同樣，《相逢行》的「兄弟」部分也因為「三婦」的獨立而被動獨立或者說可供改造，又因為《相逢行》自身的旋律原因，改造後的兩個獨立樂府古題可以有某種聯繫，即都會偏向於歌詠綺豔浮華，《相逢行》開始描繪繁華的公子游冶，這便直接促成了相和歌中與「遊冶少年」相關的主題的生成。在整體歌曲向綺豔化轉型、分化過程中，古辭中的「高官兄弟」逐漸演變為「豪門公子」，促使了《相逢行》歌辭中出現了「遊冶郎」的描繪：

　　　　張率《相逢行》：相逢夕陰街，獨趨尚冠里。高門既如一，甲第復相似。憑軾日欲昏，何處訪公子？公子之所在，所在良易知。青樓出上路，漸臺臨曲池。堂上撫流徵，雷樽朝夕施。橘柚分華實，硃火燎金枝。兄弟兩三人，冠珮紛陸離。朝從禁中出，車騎並驅馳。金羈馬腦勒，聚觀路傍兒。入門一顧望，鳧鵠有雄雌。雄雌各數千，相鳴戲羽儀。並在東西方，群次何離離。大婦刺方領，中婦抱嬰兒。小婦尚嬌椎，端坐吹參差。丈人無遽起，神鳳且來儀。

　　　　蕭統《相逢狹路間》：京華有曲巷，曲曲不通輿。道逢一俠客，緣路間君居。君居在城北，可尋復易知。硃門間皓

　　　　不容車』篇，後章有『大婦織綺羅，中婦織流黃』是也。張《錄》云：『非管絃音聲所寄，似是命笛理弦之餘。』王《錄》所無也，亦謂之《三婦豔》詩。」這段話是《樂府詩集》引用了《古今樂錄》，《古今樂錄》在引述《元嘉正聲技錄》和《大明三年宴樂技錄》著錄之後又做了對比補充。在平調曲中，「大婦織綺羅」一曲被安排做了歌弦送聲，「不在歌數」。而在清調曲中，這種歌弦送聲被綁定在《相逢行》的歌辭末尾，成為固定的單曲的一個附加樂段。張永指出這種現象「似是命笛理弦之餘」，也就是說，「三婦豔」是清商樂派入相和歌之後的一個偶然剩下來無處安放的音樂片段。在平調曲中被當做歌弦送聲，在清調曲中被安放在《相逢行》之後成為該單曲的一部分。另外，郭建勳《從〈長安有狹斜行〉到〈三婦豔〉的演變》一文（《文學遺產》，2007 年第 5 期），王志清《齊梁樂府詩研究》（社會科學文獻出版社，2013 年版）第六章第二節《相和歌辭「新聲化」個案分析——三婦豔》等，均在文辭上對此問題作出了偏於文本研究的分析。

壁，刻桷映晨離。階植若華草，光影逐飆移。輕幰委四壁，蘭膏然百枝。長子飾青紫，中子任以貲。小子始總角，方作啼弄兒。三子俱入門，赫奕盛羽儀。華騮服衡轡，白玉鏤羈羈。容止同規矩，賓從盡恭卑。雅鄭時間作，孤竹乍參差。雲飛離水宿，弄吭滿青池。歡樂無終極，流目豈知疲。門下非毛遂，坐上盡英奇。大婦成貝錦，中婦飾粉絁。小婦獨無事，理曲步簷垂。丈人暫徒倚，行使流風吹。

沈約《相逢狹路間》：相逢洛陽道，繫聲流水車。路逢輕薄子，佇立問君家。君家誠易知，易知復易憶。龍馬滿街衢，飛蓋交門側。大子萬戶侯，中子飛而食。小子始從官，朝夕溫省直。三子俱入門，赫奕多羽翼。若若青組紆，煙煙金璫色。大婦繞梁歌，中婦迴文織。小婦獨無事，閉戶聊且即，綠綺試一彈，玄鶴方鼓翼。〔註 20〕

由於大量的「公子」詞語在《相逢行》中出現，使得「公子」逐漸成為一個樂府意象並且上升為一個標簽，我們明顯可以看出《相逢行》樂府中的「公子」形象在唐詩中的繼續歌詠，並且唐代《公子行》《少年行》中的文學場景的描寫，也與魏晉相和歌中這樣的「遊俠氛圍」的文學傳統密切相關。

《相逢行》如果被加以改造，那麼「兄弟」部分應該會更容易被改造為《遊俠篇》，而「三婦」部分則會被改造為《美女篇》。曹植、張華的新造，應該與《相逢行》的演化可以找到一定的聯繫。

值得注意的是，沈約的《相逢狹路間》第一句「相逢洛陽道」，與橫吹曲辭的《洛陽道》相關聯。而《相逢狹路間》的另一個變體《長安有斜狹行》也體現了與同屬橫吹曲辭的《長安道》的某種關聯。本文認為，橫吹曲辭在「梁鼓角橫吹曲」的改造之後的《洛陽道》《長安道》，與《相逢行》具有了一種音樂性上的相似之處，使得歌辭都集中地指

〔註 20〕二首詩分別見《樂府詩集》卷三十四，第 509、511、512 頁。

向了豪華奢靡的京都遊冶的描寫。

同樣在漢代的與相和歌相似的鼙舞音樂中，也生成了另類的與任俠相關的樂府詩。代表作即《秦女休行》。這一類的復仇之行更被渲染為一種烈女之俠的形象，是漢代鼙舞歌辭的民間說唱文學的一種分支〔註21〕。在這類漢樂府經過雅化之後，也發生了文人根據其音樂旋律而進行的改造。雖然具體情形我們不得而知，但也可以看出來，漢樂府中的具有歌頌英雄傳奇色彩的歌謠，在魏晉的樂府機構中加以雅化，同時加上文人的持續改造，形成了遊俠詩在魏晉時期的第一次繁榮的土壤。

三、梁鼓角橫吹曲中的遊俠主題

上文已經指出，橫吹曲中有《洛陽道》《長安道》，催生了一大批具有游俠傾向的樂府詩。《樂府詩集·漢橫吹曲》引《樂府解題》曰：「漢橫吹曲，二十八解，李延年造。魏、晉已來，唯傳十曲：一曰《黃鵠》，二曰《隴頭》，三曰《出關》，四曰《入關》，五曰《出塞》，六曰《入塞》，七曰《折楊柳》，八曰《黃覃子》，九曰《赤之揚》，十曰《望行人》。後又有《關山月》《洛陽道》《長安道》《梅花落》《紫騮馬》《驄馬》《雨雪》《劉生》八曲，合十八曲。」〔註22〕這裡的「後又有」三個字，說明《洛陽道》《長安道》並非屬於漢橫吹曲，而是後來補錄的，我們認為，「後又有」之後的八曲，是「梁鼓角橫吹曲」對漢代曲名的附會，因為其擬作都完成在梁代。

「梁鼓角橫吹曲」是齊梁以來南朝樂府對由北朝引入的胡樂的重新編排和改造，據《古今樂錄》所載有三十六曲，其中就完整地包含了「後又有」的八曲。這種改造很大程度上會受到南朝清商新聲的哀豔

〔註21〕劉飛濱認為《秦女休行》並非是遊俠詩（見其《關於遊俠詩的界定問題》，《中國文化論壇》，2013 年第 4 期），並且否定李白的《東海有勇婦》也非遊俠詩。按，此說是建立在文本本位上的界定，本文以樂府詩中音樂本位定義遊俠詩，《秦女休行》當然屬遊俠詩。

〔註22〕《樂府詩集》卷二十一，第 311 頁。

綺靡的音樂風格的影響。

《洛陽道》《長安道》二曲是梁鼓角橫吹曲中比較偏柔媚的曲子，很可能與《相逢行》在南朝被同時演奏，因此產生了樂府歌辭上的相互交融。《洛陽道》《長安道》延續或者融合了《相逢行》所具有「遊俠」「輕薄」的風格，兩首樂府都被梁朝的詩人競相加以顯現的「王孫、公子、少年」與隱現的「麗人」同在的遊冶摹寫：

> 洛陽佳麗所，大道滿春光。遊童時挾彈，蠶妾始提筐。
> 金鞍照龍馬，羅袂拂春桑。玉車爭曉入，潘果溢高箱。
> （梁簡文帝蕭綱《洛陽道》）

> 神皋開隴右，陸海實西秦。金槌抵長樂，複道向宜春。
> 落花依度幰，垂柳拂行人。金張及許史，夜夜尚留賓。
> （梁簡文帝《長安道》）

> 洛陽開大道，城北達城西。青槐隨幔拂，綠柳逐風低。
> 玉珂鳴戰馬，金爪鬥場雞。桑萎日行暮，多逢秦氏妻。
> （梁元帝蕭繹《洛陽道》）

> 西接長楸道，南望小平津。飛甍臨綺翼，輕軒影畫輪。
> 雕鞍承赭汗，槐路起紅塵。燕姬雜趙女，淹留重上春。
> （梁元帝《長安道》）

> 綠柳三春暗，紅塵百戲多。東門向金馬，南陌接銅駝。
> 華軒翼葆吹，飛蓋響鳴珂。潘郎車欲滿，無奈擲花何。
> （徐陵《洛陽道》）

> 輦道乘雙闕，豪雄被五都。橫橋象天漢，法駕應坤圖。
> 韓康賣良藥，董偃鬻明珠。喧喧擁車騎，非但執金吾。
> （徐陵《長安道》）

> 洛陽道八達，洛陽城九重。重關如隱起，雙闕似芙蓉。
> 王孫重行樂，公子好遊從。別有傾人處，佳麗夜相逢。
> （車敳《洛陽道》）

　　　　翠蓋乘輕露，金羈照落暉。五侯新拜罷，七貴早朝歸。

　　　　轟轟紫陌上，藹藹紅塵飛。日暮延平客，風花拂舞衣。

（江總《長安道》）〔註23〕

　　在梁陳隋唐的詩人大量的關於《洛陽道》《長安道》的摹寫之中，「少年」遊冶終於成為了遊俠的一個重要組成，我們認為，這種少年遊冶的狂放與豪奢之態，是一種宮廷華麗音樂催生之下的群體性文學想像。

　　有遊冶少年的「遊俠」集體書寫中，《少年遊》就是改換一個題目，或者是這種同樣音樂風格的新樂曲加以同類型的樂府曲名的命名。而類似的音樂旋律和片段就可以同樣以《公子行》《少年行》來加以命名了。

　　「梁鼓角橫吹曲」畢竟還是引自北方的胡樂，所以在某種剛健的音樂性上是有所保留的。這在《紫騮馬》《驄馬》《白鼻騧》等以「馬」為題的橫吹曲中體現得非常明顯，而以此為題的遊俠樂府，則更多表現出了任俠之風，而非單一的遊冶之態。

　　　　長安美少年，金絡錦連錢。宛轉青絲鞚，照耀珊瑚鞭。

（梁元帝《紫騮馬》）

　　　　驄馬鏤金鞍，柘彈落金丸。意欲趁趫走，先作野遊盤。

　　　　平明發下蔡，日中過上蘭。路遠行須疾，非是畏人看。

（車敫《驄馬》）

　　　　少年多好事，攬轡向西都。相逢狹斜路，駐馬詣當壚。

（溫子升《白鼻騧》）〔註24〕

　　當然，梁鼓角橫吹曲更多的催生的樂府詩是邊塞詩，而邊塞詩與遊俠詩在樂府詩中同題而同存、互相有所涉及也說明了邊塞樂府的音樂屬性和遊俠樂府的音樂屬性在一定程度上有些相近。

〔註23〕《樂府詩集》卷二十三，第 339～248 頁。

〔註24〕《樂府詩集》卷二十四，第 352、355 頁；卷二十五，第 373 頁。

　　對遊俠詩的創作貢獻最大的橫吹曲是《劉生》。「梁鼓角橫吹曲」中的《劉生》《東平劉生歌》在《古今樂錄》中即懷疑是同一首曲子。我們今天對照認為，《東平劉生歌》是北方原曲，歌辭甚至多是胡語而未被翻譯。《劉生》則是梁宮廷樂府對北曲的改造後的新曲。二曲淵源相同。劉生的故事未見記載，作為最初為北方胡地歌曲歌頌的人物，其原生歌謠又多胡語，其人原型應是胡人。而東平一帶在五胡十六國時期先後屬後趙、前燕、前秦、後燕、南燕、北魏、東魏，並在北魏時升為郡，《東平劉生歌》很可能是歌頌一個在亂世保護當地民眾的豪傑人物。但是梁鼓角橫吹曲引入胡曲之後，在改造過程中對原型的遺漏或忽略，使得我們無法得知詳情。而南朝文人的漢族情懷也會有意地將劉生與漢代橫吹曲中的物象加以聯繫，使劉生成為一個虛構的漢代人物。《樂府詩集·西曲歌辭》中有《安東平》，《古今樂錄》載「《安東平》舊舞十六人，梁八人」，說明《安東平》是一首北方舊舞，傳入梁以後被以接近西曲的方式加以改造，故而收入西曲。這首舞蹈由五個音樂片段構成，最後一節說「東平劉生，復感人情。與郎相知，當解千齡」〔註25〕，我們認為《安東平》和《劉生》很可能都是從《東平劉生歌》改造而來，甚至《安東平》改造了原曲的前部分，《劉生》則對後半部分加以新創。梁陳以來的文人，對於《劉生》的歌詠，更多只是作為橫吹曲的遨遊任俠的標籤。

　　　　任俠有劉生，然諾重西京。扶風好驚坐，長安恒借名。

　　　　榴花聊夜飲，竹葉解朝酲。結交李都尉，遨遊佳麗城。

　　（梁元帝《劉生》）

　　　　遊俠長安中，置驛過新豐。擊鍾蒲璧磬，鳴弦楊葉弓。

　　　　孟公正驚客，硃家始賣僮。羞作荊卿笑，捧劍出遼東。

　　（陳後主《劉生》）

　　　　劉生絕名價，豪俠恣遊陪。金門四姓聚，繡轂五侯來。

────────────

〔註25〕《樂府詩集》卷四十九，第712頁。

　　塵飛馬腦勒，酒映碑碟杯。別有追遊夜，秋窗向月開。
（張正見《劉生》）

　　座驚稱字孟，豪雄道姓劉。廣陌通珠邸，大路起青樓。
　　要賢驛已置，留賓轄且投。光斜日下霧，庭陰月上鉤。
（柳莊《劉生》）

　　五陵多美選，六郡盡良家。劉生代豪蕩，標舉獨榮華。
　　寶劍長三尺，金樽滿百花。唯當重意氣，何處有驕奢。
（江暉《劉生》）

　　劉生殊倜儻，任俠遍京華。戚里驚鳴築，平陽吹怨笳。
　　俗儒排左氏，新室忌漢家。高才被擯壓，自古共憐嗟。
（徐陵《劉生》）

　　劉生負意氣，長嘯且徘徊。高論明秋水，命賞陟春臺。
　　干戈倜儻用，筆硯縱橫才。置驛無年限，遊俠四方來。
（江總《劉生》）〔註26〕

　　以《劉生》為代表的橫吹曲邊塞詩雖然在梁陳的柔媚詩風中體現了一定的包容性，但是其豪俠之氣依然能夠體現出來。本文認為這種剛柔相濟的風格是由梁鼓角橫吹曲的特性決定的，正如徐陵《劉生》中舉到的兩個樂器的使用「戚里驚鳴築，平陽吹怨笳」，擊筑使人聞之而生磊落之節義，而吹笳則又有哀怨之情思。而遊俠詩所依傍的樂府應該還會有其他樂器的參與，總之一種剛柔相濟的音樂風格促使了遊俠詩呈現出剛柔相濟的美學風格。

四、餘論

　　《樂府詩集·雜曲歌辭》中尚有兩首接近於遊俠主題的兩首樂府民歌，其一是《并州歌》，其二是《隴上歌》，兩首歌生成的時間在相和歌之後，在梁鼓角橫吹曲之前，屬於西晉的民歌。《并州歌》是一首快

〔註26〕《樂府詩集》卷二十四，第359～361頁。

意復仇的歌曲，與漢鼙舞歌的《秦女休行》同屬復仇的民歌，《樂府詩集》題解云：

> 《樂府廣題》曰：「晉汲桑力能扛鼎，呼吸聞數里，殘忍少恩。六月盛暑，重裘累茵，使人扇之，忽不清涼，便斬扇者。并州大姓田蘭、薄盛，斬於平原，士女慶賀，奔走道路而歌之。」〔註27〕

《隴上歌》是歌頌兩個壯士的歌，一個是陳安，一個是平先，與《臨江王節士歌》相似，樂府詩中的遊俠作品，其淵源與英雄主題的歌曲持續進入樂府有可見的關聯。

> 《晉書·載記》曰：「劉曜圍陳安於隴城，安敗，南走陝中。曜使將軍平先、丘中伯率勁騎追安。安與壯士十餘騎於陝中格戰，安左手奮七尺大刀，右手執丈八蛇矛，近交則刀矛俱發，輒害五六，遠則雙帶鞬服，左右馳射而走。平先亦壯健絕人，與安搏三交，奪其蛇矛而退，遂追斬於澗曲。安善於撫接，吉凶夷險，與眾同之。及其死，隴上為之歌。曜聞而嘉傷，命樂府歌之。
>
> 隴上壯士有陳安，軀幹雖小腹中寬，愛養將士同心肝。驪騘父馬鐵鍛鞍，七尺大刀奮如湍，丈八蛇矛左右盤，十蕩十決無當前。戰始三交失蛇矛，棄我驪騘竄岩幽，為我外援而懸頭。西流之水東流河，一去不還奈子何？〔註28〕

《隴上行》更體現出了戰鬥的場景，後來李白改寫《隴上行》為《司馬將軍歌》更將其寫成了戰爭詩。這種遊俠詩的特徵並不明顯但是卻有明顯的局部意義的遊俠特徵的作品在樂府詩中還非常常見，唐代以後的更多新的樂府遊俠詩基於某種局部的特徵而加以對遊俠詩進行新的演進。遊冶、遊獵、鬥雞、賭博、豪縱不法、宴飲、任俠、復仇等等都成為樂府遊俠詩中常見的包容性和局部性的內容，京華、名都、

〔註27〕《樂府詩集》卷八十五，第1199頁。
〔註28〕《樂府詩集》卷八十五，第1200頁。

大道、貴邸、酒肆、甚至邊塞，都成為樂府遊俠詩常見的場景。唐代遊俠詩正是在這樣的包容性和複雜性上繼續得以探索，最終形成了以「公子」「少年」為中心的、結合唐代新聲特色而又能遙接漢代相和歌、梁鼓角橫吹曲中有遊俠性的音樂特性的樂府遊俠詩。

經過以上對於遊俠詩和樂府音樂文學之間的關係的簡單梳理，我們試圖還想進一步猜測生成和帶動文人進行遊俠類的音樂想像的音樂大致的風貌。正如江南吳歌西曲和清商新聲以哀感頑豔之樂催生了南朝哀豔綺靡的齊梁體詩歌，蒼涼而剛健有力的胡笳胡角之樂催生了南朝自隋唐的樂府邊塞詩，柔緩舒暢的笙簫之樂催生了魏晉以來的樂府遊仙詩，是有一種相對特殊的音樂催生了樂府遊俠詩，這種音樂在淵源上具有歌頌英雄傳奇人物的特點，在音樂上具有激人豪邁且感發豪壯之情的感染力，在齊梁時期清商新聲、梁鼓角橫吹曲並行的音樂環境中，遊俠詩受到其中能感人豪邁的旋律的啟發，形成了意氣慷慨、任俠節義、聲動名都、氣壓五陵的詩歌想像。二類音樂環境的共同激發和相互影響，使得遊俠詩既有可能和戰爭邊塞等豪壯之作相近，又有可能與豪奢豔情的遊冶之作關聯，作為中古一大類主題的游俠詩，其本身的多元的音樂淵源，就足以說明了其文學主題的包容性。南朝樂府遊俠詩以任俠、遊獵、鬥雞、賭博、豪縱等內容為常見主題，以京華、名都、大道、貴邸、酒肆、邊塞為常見場景，以「公子」「少年」為常見形象，成為遊俠詩題材的典型特點，而這樣的樂府文學傳統直接影響了唐代遊俠詩的文學走向。

後　記

　　本文是在我的博士論文《邊塞詩生成研究》的基礎上整理修訂完成的。在本書即將出版之際，首先要對我的導師莫礪鋒教授致以最親切的謝意。

　　能夠考入南京大學，成為莫老師的弟子，是我這樣一個來自西北農村的貧寒學子此生最大的榮幸。我記得我最開始給莫老師寫郵件的時候，總是要加上「尊敬的」幾個字，後來莫老師回覆說，不用這樣稱呼他，只需稱呼「老師」即可。我那時就深深感受到老師的和藹親切。後來在讀《文選》、杜詩、東坡詩的彙報課上，老師的眼神總能洞若觀火，一兩個問題就會探出我們讀書粗細的程度。本書的所有的研究基礎，都來自於在莫老師嚴督下閱讀《文選》《玉臺新詠》的點滴所得。後來 2018 年，畢業四年後，再次迴學校，還寫下了這樣的詩句：

> 拋梁負笈忝經筵，文選杜詩魚羨淵。
> 慚愧師門淺立雪，願留歲月在三年。

　　這本書是我第一本學術專著，我選擇在臺灣出版，是一種偶然，推薦花木蘭文化出版社的是任教於陝西師範大學文學院的蔣旅佳兄，因為我當時正對大陸出版書籍冗繁的各種申請程序無所適從。但我想，冥冥中，也另有一種內心深處的情結。

　　2013 年 7 月，我有幸得到臺灣政治大學潘思源基金會資助赴臺參

加為期一周的兩岸大學生學術交流活動。那次我姐姐聽說後和我父母說：「如果俺爺還活著，知道抱一（我的小名）要到臺灣去，該有多高興啊」。一句話讓我動情流涕。

我的爺爺是我的啟蒙老師，在我的成長中，爺爺給了我巨大的精神影響。我頑劣的童年在爺爺的教導下，逐漸有了學習和讀書的習慣。爺爺督促我背《三字經》《千字文》《唐詩三百首》，在我幼小的心靈種下了古典文學的種子。更重要的是，爺爺走過的歲月，會有一部分延伸到我的記憶中，也成為足以影響思考方式和認知方式的一粒種子。

我的爺爺名陶敬華，生於 1920 年，在家鄉念過私塾，16 歲上小學，後來抗日戰爭爆發，小學畢業的爺爺考入了黃埔軍校，成為一名軍人。抗戰之後又是內戰，之後爺爺轉入地方從事教育，六七十年代，爺爺在地方遭受了十三年的迫害，他堅強地挺了過來。再後來，政治運動結束了，爺爺又重新站回講壇，雖然他的身份只能是「民辦教師」。爺爺八十歲生日時，西安民革的李培良先生贈給爺爺一副中堂，對聯的內容是：

> 天地有正氣，江山無夕陽。

正是爺爺的精神鼓勵我一直求學不輟。而爺爺堅毅正直的人格也深深影響著我。可是世間的一切都太快了，忽然之間，我已經 35 歲，爺爺離開我已經 16 年了。我已經在西北大學文學院工作七年。在大陸高校圈，青年教師被戲稱為「青椒」，拮据的收入和事務性的工作是兩座大山，這樣的真實處境也讓我無暇進一步完善論文。這樣這本書也就被我擱置了七年，這次出版前，我的增訂和改動很有限。2014 年，我將通過答辯的博士論文的複印本寄給政治大學的侯雅文老師，那時候她就鼓勵我盡快出版。如果當年一鼓作氣，也不至於耽誤蹉跎。現在想來，真是慚愧有加。

樂府學的研究近年來逐漸成為顯學，這很大程度上要歸功於已經去世的吳相洲教授和他倡導的樂府學會。雖然我未曾受教於吳門，但是我在博士論文寫作過程中，參考了吳老師和吳門學人大量相關研

究，謹向吳相洲先生致以深切的敬意和挽思。

　　學問是天下之公器。本書對目前學界比較認可的一些權威學術觀點提出了一些質疑，請學界前輩們恕我年輕氣盛。當然更衷心期待、盼望學界前輩、同仁，能夠對我認知不足和謬誤之處，提出尖銳的批評。